어제보다 오늘 더 사랑해

어제보다 오늘 더 사랑해

김민기가 생각하는
오래 사랑하는 법

김민기 지음

팩토리나인

차례

Chapter 2

Chapter 3

Chapter 4

프롤로그

지금까지 사랑할 수 있었던 건, 다 네 덕분이야

여자 친구를 만난 후부터 가끔 낙서를 하고는 했다. 그 사람과 함께한 모습을 남기고 싶었고 그러다 보니 자연스레 그녀를 많이 그리게 됐다. 그런 나를 보고 어느 날 여자 친구가 말했다.

"오빠는 그림을 잘 그리니까 직접 그린 그림을 블로그나 SNS에 올려보는 건 어때?"

당시에는 혼자 키득거리며 취미로 끄적이던 수준인 터라, 무언가 쑥스럽고 민망해 그렇게 해보고 싶다는 엄두조차 내지 못했다.

"아휴, 내가 무슨 그림을 그려. 실력도 없는데…. 그림은 만화가 선생님들이나 그리는 거야."

그때 그녀가 내게 이런 말을 해주었다.

"그림이 좀 투박하다고 진심이 담기지 않는 건 아니야. 오빠 그림을 보고 있으면 마음이 따뜻해지고, 사람의 진심이 그대로 느껴져. 분명히 나처럼 느끼는, 오빠 그림을 좋아하는 사람이 있을 거야!"

부끄럽지만 사실 개그맨이 되기 훨씬 어릴 적 내 꿈은 만화가였다. 그 말을 듣는 순간 마음속 깊이 감추어두었던 무언가가 꿈틀대면서 작게나마 용기가 생겨났다.

'아, 나도 한번 해볼 수 있지 않을까?'

그때부터 호기심 반, 진심 반으로 열심히 그림을 그렸고, 내가 연애하면서 겪었던 일들, 남들처럼 살아가면서 겪는 이야기를 글과 함께 블로그에 올리기 시작했다.

그런데 정말 신기하게도 시간이 지나면서 독자 분들이 찾아와 내 그림과 글을 따뜻하게 봐주시고, 나와 그 사람이 오래 사랑했으면 좋겠다고 응원을 해주었다. 그런 댓글 한마디 한마디가 보잘것없는 내게 얼마나 큰 힘이 되던지…. 다음 에피소드를 궁리하게 되고 더 열심히 그리고 쓰고 싶고…. 그렇게 차곡차곡 쌓인 에피소드들이 지금 이 한 권의 책이 되었다.

생각해보면 이 책 작업은 나 혼자였다면 꿈꾸지 못했을 일이다. 그 사람이 한번 해보라고 용기를 주지 않았다면, 아마 시도조차 하지 못했을 것이다. 또한 이 사랑도 그 사람이 함께 노력해주었기 때문에 지금까지 잘 지켜올 수 있었다.

사랑은 혼자가 아니라 둘이 하는 거라고 말한다. 그래서 노력도 두 사람이 함께해야 하는 거라고. 맞다. 나 역시 짧지만 어쩌면 긴 다른 환경에서 살아온 사람과 만나 잘 맞물린 톱니바퀴가 되기까지 삐걱거릴 때가 한 번도 없었다면 거짓말일 것이다.

하지만 날마다 그 사람의 새로운 모습을 찾고, 나와 다른 모습을 이해하려고 노력했기 때문에 지금 이 순간이 있는 것 같다. 그렇게 노력하는 날들이 차곡차곡 쌓이다 보니 어느 순간 노력하지 않아도 저절로 그 사람의 모든 순간을, 있는 그대로의 모습을 사랑하고 있는 나를 발견하게 되었다.

오래도록 사랑을 하고 싶은 분들께 꼭 한 가지 말씀드리고 싶은 것은, 세상에 그냥 얻어지는 것은 없다는 것이다. 일도 사랑도 세상살이도 마찬가지인 듯싶다. 상대에게 건네는 따뜻한 말 한마디, 그 사람을 위한 나만의 표현, 한 번 더 상대의 마음에서 생각하기….

지금 당신이 누군가를 진심으로 사랑한다면, 아주 사소한 말, 행동 하나가 당신의 사랑과 삶을 더 견고하게 만들어 줄 거라고 이야기하고 싶다. 그러니 믿고 해보시라고. 분명 어제보다 오늘 더 사랑하고, 오늘보다 내일 더 그 사람의 사랑스러운 모습을 찾을 수 있게 도와줄 것이다. 그럴 때 진심으로 나와 내 삶을 사랑할 수 있다.

오늘 이 순간, 사랑하는 사람을 향해 뻗은 안테나에 집중하시길. 좀 더 세심하게 그 사람과 나의 주파수를 맞추기 위해 노력하길. 분명 당신 앞에 더 사랑스러운 날들이 기다리고 있을 것이다.

부디, 이 책이 당신의 모든 날에 작은 기쁨이 되고, 설렘이 되고, 행복이 되길 바란다. 그 사람과 힘들어진 어느 날에 다시 이 사랑을 오래도록 지켜나가고 싶다는 마음의 불씨가 되고 위안이 되기를. 그렇다면 당신과 다를 것 없는 내게도 더없는 큰 기쁨이고 행복이 될 것 같다.

언제나 사랑하세요. 늘 당신의 사랑을 응원하겠습니다.

오래도록 함께하고 싶은 날에
김민기

· CHAPTER 1 ·

너에게로 가는 길은

"나… 나랑… 사귈래?"

"나…

나랑… 사귈래?"

그냥 툭,

하고 내뱉으면 쉬운데…

한 문장이면 되는데…

그 사람 앞에만 서면

이 한마디 하기가

왜 그렇게 어려운지….

'한 글자만, 딱 한 글자만 떼자….'

속으로 수십 번, 수백 번쯤

연습해봤다가

벅차오르는 감정을

억누르며 버텨도 봤다가

그 사람 앞에서 차마 말 못하고

서성이기를 한참,

겨우 술기운을 빌려

미친 척 내뱉는 말.

"나…

나랑… 사귈래?"

상대가 싫다고 하든 좋다고 하든
일단 내뱉고 나면 이렇게
속이 뻥 뚫린 것처럼 시원한데.

그게 뭐라고 한참 동안
가슴앓이를 했을까요.

이렇게 그냥
당신한테 고백하면 되는데.

그때 그 고백

8년 전 어느 봄날, 난 그날을 잊을 수 없다.

그녀에게 한참 망설이던 고백을 한 날이니까.

어떻게 프러포즈를 해야 하나 고민하다가

영화 '내 머릿속에 지우개'의 한 장면을 따라 했다.

어디서 그런 자신감이 생겼는지 술을 한 잔 따라놓고는

"이거 마시면 나랑 사귀는 거예요."라고 외쳤다.

쿵쾅거리는 심장도, 발갛게 달아오른 얼굴도
그녀에게 다 티가 났겠지.

자기가 무슨 정우성인 줄 아냐며
영화 좀 그만 따라 하라고 마지막 술잔을 든 그녀.

그녀가 술잔을 비운 순간 나는 그대로 다가가
그녀에게 입을 맞췄다.

그녀는 가끔 묻는다.
그때 허락도 없이 왜 그랬냐고,
나는 그저 웃고 만다.

8년이 지난 오늘 생각해봐도
그때 고백한 나, 참 잘했다고 생각하면서.

☆

안 그랬으면 지금 우리는 없었을 거야.

○
○

두렵더라도, 어렵더라도
망설이지 말고 고백하세요.

지금 당신 앞에 있는 그 사람,
당신의 고백을 애타게 기다리고 있어요.

너에게 기억되고 싶었어

그녀와 알공달콩 썸을 탈 때 몇 가지 고민이 있었다.
그중 가장 큰 고민은 이것이었다.

'어떻게 하면 그녀에게 오래 기억될 수 있을까?'
'좋아하는 마음을 귀엽게 표현할 방법이 없을까?'

이런저런 생각을 하고 있을 때 내 팬이라는 동생에게서
한 가지 힌트를 얻어 따라 하게 되었다.

'매일 같은 간식 건네기.'

그 동생이 매일 같은 음료수를 주길래
"괜찮으니까 다음부터는 이런 거 사오지 말고 너 먹어."라고
했더니 동생이 이렇게 답했다.
"오빠, 맛있게 드시고 이거 볼 때마다 저 생각해주세요!"

그 말이 참 인상적이어서 나도 그녀를 볼 때마다
딸기우유와 마이구미 젤리를 정해서 주기 시작했다.

그걸 받을 때마다 그녀가 나에게
이 딸기우유 좋아하냐고,
왜 매일 같은 것만 먹느냐고 물었었는데….

그녀는 정말 몰랐을까.
그때 딸기우유 대신 전하고 싶었던 내 말을, 내 마음을.

○
○

나, 딸기우유 같은 거 안 좋아해.
그거 볼 때마다 내 생각하라고,
한 번이라도 더 나 기억해달라고,
사실은 나, 너에게 이 말이 하고 싶었어.

어쩌면 오작교는 변태 아저씨

그녀와 연인으로 발전하게 된
결정적 계기가 있었다.

SBS 예능 프로그램 '웃찾사'에서
'러브파이터'라는 코너를 하고 있을 때였다.
유환이 형과 그녀, 나 3명이서 했는데
유환이 형과 그녀가 커플이었고
난 그녀를 따라다니는 고등학생 역이었다.

그 당시 우리는 다 신인이었기 때문에
코너를 한번 짤 때마다 밤을 새우면서 준비했다.
매일매일, 새벽 4시는 기본이었다.
(휴, 그때 진짜 우리 다 고생했다.
그리고 같이 고생한 작가님에게도 박수를….)

코너 회의를 할 때 우리가 쓰던 공연장이 있었는데
그 공연장 화장실 상태가 너무 안 좋아서
여자 작가님과 그녀는 다른 건물 화장실을 썼다.

하루는 두 사람이 화장실을 간다고 나갔는데,
돌아오지 않고 갑자기 전화가 왔다.

전화를 받으니까 그녀가 반쯤 정신이 나간 채로
울면서 소리를 질렀다.

설명하자면, 상황은 이랬다.
두 사람이 화장실을 쓰고 나오려는데

밖에서 옷을 다 벗은 변태 아저씨가
두 사람이 있던 화장실로 들어오려고 했다는 거다.

그래서 두 사람이 겨우 문을 붙잡고
울면서 나한테 전화를 했던 것.

변태 아저씨는 놓쳤고,
그녀는 충격을 크게 받았는지
한동안 엄청 괴로워했다.

그 일이 있고 나서 그날부터 매일매일
그녀를 집까지 바래다줬다.

아마 그때부터였던 것 같다.

서로에 대해 알게 되고,
많이 챙겨주면서 호감이 생기고,
그 시간들이 모여서 사랑이 되고….

어쩌면, 우리가 사귀게 된 건

그 변태 아저씨가 오작교 역할을 해서일지 모른다.

☆

변태 너, 그렇다고 고맙다는 건 아니야.

다시 나타나면 그땐 절대 놓치지 않겠다.

나타나는 순간, 저승길로 안내할게.

그 길이 편하진 않을 거야.

"선배… 자요?"

"선배… 자요?"

그녀와 점점 가까워지면서 무슨 말이라도 더 하고 싶은데 뭐라고 해야 할지 잘 몰랐다. 특히 그녀가 개그맨 선배고 내가 후배라서 먼저 연락하기가 많이 어색했다.

연습 끝나고 집에 바래다줄 때 조금만 더 같이 있고 싶은데, 무슨 말을 해야 할지 몰라서 진짜 고민 많이 했다.

문자를 썼다 지웠다 반복하다가 결국 고르고 고른 말이 이거였다.

"선배… 자요…?"

그때부터 항상 집에 바래다주고 돌아가는 길이나 그 사람에게 말을 걸고 싶을 때 이렇게 문자를 보냈다. 이 질문을 시작으로 그녀에게 이런저런 말을 붙였다.

어느 날에는 "배고프지 않아요?" 물었는데 그녀가 좀 출출하다며, 가볍게 밥이나 먹자고 말해준 덕에 같이 저녁을 먹기도 했다. 그렇게 밤에 만나서 같이 밥 먹고 집까지 바래다주고… 반복하다 보니 자연스럽게 사랑이 싹텄다.

그런데 사귀고 나서 나중에 알고 봤더니 그때 그녀는 룸메이트들이랑 이미 밥을 먹었다고 하더라. 당시 썸남이었던 내게 연락이 오니까 친구들끼리 다 같이 모여서 회의를 하며 전략을 짰다고.

—
'썸의 정석.'
여자 친구가 귀엽다고 사진
찍어놓고 아직도 가지고 있음.

"선배… 자요?"라고 문자가 오면 친구들이 그녀보다 더 들떠서 이런 조언을 해줬다고 했다.

"야, 이건 100%야, 당연히 썸이지."

"대박, 이 남자가 너 좋아하나 봐!"

"빨리 밥 먹자고 물어봐!"

이렇게 친구들이랑 회의하고 나랑 밥을 먹고 헤어지면 그녀는 또 친구들과 모여 나와 있었던 일을 이야기하면서 다시 회의를 했다고 한다. 참, 귀여운 아이들이다.

○
○

"선배… 자요?"
지금도 이 말을 쓸 때면 그때 어쩔 줄 몰라 했던,
그녀를 향해 미친 듯이 뛰던 그 마음이 생각난다.

부끄러워하는 모습마저 귀여울 때

그녀의 많은 모습을 좋아하지만,

그 사람은 부끄러움 탈 때 더 귀엽다.

가령 그녀는 눈이 퉁퉁 부은 모습을

보여주는 걸 싫어한다.

그런 날에 나는 너무 귀여워

여자 친구 눈이 가라앉을 때까지

계속 만지작거린다.

또 가끔 여자 친구가
갑자기 잠드는 걸 부끄러워하는데,
회의하다가 그런 모습을 보게 되면
너무 귀여워 죽겠다!

아, 밥을 먹다가 흘리는 것도
부끄러워하는 일 중 하나인데,
이때도 흘린 걸 닦아주면서 말한다.

"정말, 너무너무 귀여워!"

그녀는 부끄러워하지만
내 눈에 어쩌면 이렇게 다 귀여울까.

☆

저 변태 아닙니다…

오빠, 나 뚱뚱하지?

어느 날 그녀가 물었다.

"오빠 나 뚱뚱하지?"

그 말을 듣고 나는 별생각 없이 대답했다.

"아니, 윤화는 내 거니까 네 살도 내 거야.

그러니까 오빠가 뚱뚱한 거야."

그랬더니, 그녀가 그 말을 너무 좋아하더라.

'아, 여자 친구가 이런 말이 듣고 싶었던 거구나.'
'여자들이 말하는 '사랑받는 느낌'이 이런 건가?'

이런 생각이 들다가 또 한편으로
그런 생각이 들었다.

'많은 사람이 연인에게
예뻐 보이려고, 멋있어 보이려고
참 많이 노력하는구나.'

'그 사람의 말 한마디, 표정 하나에
마음이 왔다 갔다, 눈치 보고
자꾸 그 시선을 의식하다 보면
어느 순간 연애가 참 힘들어지겠다.'

물론 누구라도 사랑하는 연인에게
예뻐 보이고 싶고, 근사해 보이고 싶고
그런 마음이 드는 건 당연하다.

그런데 그게 너무 심해져서
상대가 원하는 모습으로만 바꾸려고 하다 보면
내가 너무 지칠 것 같다.

그 사람이 원하는 모습이 아니면
나도 내가 예뻐 보이지 않고,
괜히 초라해지고, 작아지고….

그렇게 나를 깎는 연애가
행복할 리 없지 않은가.

그녀가 나 때문에 지치거나
자신을 싫어하게 되는 건 바라지 않는다.
그러다 보면 함께 있는 시간 자체가
괴로워지는 순간이 올 거다.

우리가 행복했던 순간 같은 건
하나도 생각이 안 날 만큼.

나는 그녀가 어떤 사람이든
그 모습 자체가 참 예쁘고 좋다.

그래서 그녀가 외모에 신경 쓰는 게
나나 또 다른 사람들 때문이라면
그만두라고 말하고 싶다.

늘 그렇듯 내 눈에는 언제나
너라는 사람이 참
예쁘고 아름다운 사람이니까.

가위바위보를 해서 이겨도 짐꾼이 되는 이유

네 앞에만 서면

냉정해지기가 힘들어.

하아…

네가 조금만 덜 귀여웠어도

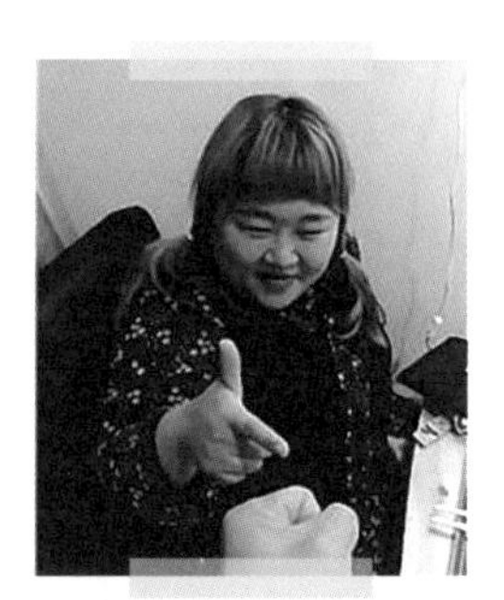

한 뼘 더 가까워졌다, 우리

하루는 공연장에 남아 새벽까지 연습할 때였다.

선배 두 명과 나, 여자 친구 넷이서 남아 있었다.

한창 연습을 하던 중이었는데

대사를 하던 중간에 다른 소리가 끼어들었다.

"뽀잉."

순간 우리 모두 하던 일을 멈추고 주위를 살폈다.

마침 그곳에 그녀가 있었다.

그런데 그녀가 우리를 보더니 갑자기 말을 더듬으며
횡설수설하기 시작했다.

"아… 저… 이거… 나 아니야. 바닥에서 난 소리야.
신발이 쓸리면서 난 거 같은데, 저 이게 말이지…"

그렇게 계속 말하다가 결국 공연장 밖으로 뛰쳐나갔다.
나는 걱정되어 바로 따라 나갔다.

그런데 그녀가 울고 있었다.
왜 우냐고 물어봤더니 그녀가 민망해하면서 말했다.
"오빠… 미안해… 일부러 그런 건 아니고…
엉엉… 나 방구 뀌었어… 엉엉…."
그 모습이 왜 그렇게 귀엽던지.
나는 그대로 그녀를 꼭 안아주었다.

그녀는 그날 일이 부끄러웠겠지만
난 그날 이후로 그녀가 더 사랑스러워 보이고

우리가 한 뼘 더 가까워진 것 같아 좋았다.

어떻게 이런 여자를 안 좋아할 수 있을까.

우리는 그 뒤로 뻥뻥 커플이 되었다.

☆

오빠가 더 크게 뀔 테니까

걱정하지 마!

노오란 패셔니스타

연인에게 잘 보이고 싶어서

데이트하러 가기 전에 엄청 꾸미는 거,

누구나 한번쯤 해봤을 거다.

(특히 만난 지 얼마 안 됐을 때 더 심하다.)

나도 데이트를 한 번 하려고

준비하는 데 엄청 신경 쓰고 그랬다.

아침에 일어나자마자
이것저것 입어보며 엄청 고민했다.

'아, 나 뭐 입지?'
'어디서 만나자고 하지?'
'만나면 어디 가지?'
'맛집 어디지? 뭐 먹지?'

그중에서도 가장 신경 썼던 건
'뭘 입을까?'였다.
데이트는 첫인상이 반 아닌가.

'이번 데이트야말로
나의 정말 멋진 모습을 한껏 보여주겠어.'

그런 생각 때문인지
정말 아끼는 옷들만 골라서 입었다.

노란색 셔츠, 노란색 가디건, 노란색 바지
노란색 신발, 노란색 가방….

잘 차려입었다고 자신감 충만한 채로
그녀를 만나러 나갔다.

그때 그녀가 내게 반한 표정,
지금도 잊을 수가 없다.
아, 물론 그때 했던 말도
귓가에 생생하게 들린다.

"오빠…. 내가 평생 오빠 코디해줄게.
오빠는 절대 혼자서 옷 사지 마…."

사랑하는 여자 친구,
이렇게 나를 챙겨주다니,
이러니 안 반해?

멋있는 척하기 힘들다

한번은 여자 친구가 전화를 해서는

오랜만에 옛 친구들을 만나 술을 마신다고 했다.

"오빠, 나 예전에 개그 같이 했던

동기 세 명 만나서 술 한잔할게요."

난 흔쾌히 그러라고 했고,

어디서 마실 거냐고 물어봤다.

장소는 그 당시에 유행하던

1,000원짜리 노가리 집이었다.

여자 친구 동기들과 서먹할 때라

친해질 겸 여자 친구 몰래 찾아갔다.

그녀의 친구들에게 인사도 하고

간단하게 맥주 한잔하면서 이야기를 나눴다.

그리고 약속이 있어 먼저 일어나는 김에

여자 친구의 면도 세워줄 겸

화장실 가는 척하며 계산을 하러 갔다.

그리고 사장님에게 조용히 여쭤봤다.

"사장님, 저쪽 테이블 얼마예요? 제가 계산할게요."

"12만 8,000원이요."

…

"네?????? (진짜 장난하지 마시고요.)
어떻게…… 12만 8,000원이…."

"손님 오시기 전에 이거랑 저거,
같은 거로 3개, 이 메뉴 2개, 이거 4개,
생맥주 20잔, 이거 추가에…."

"아… 네….
계산해…주…세…요!"

깜빡했다, 내가.
윤화랑 그녀의 '오랜' 친구들이란 사실을.

여자 친구의 친구들 앞에서
멋있는 척하기 힘드네.
하하하….

보여드리고 싶었어요, 어머니

그녀와 사귄 지 열흘 정도 지났을 때였나.

자기 어머니에게 내 이야기를 했다고 하더라.
사귀는 오빠가 있다고.

그 얘기를 듣는데 걱정도 되다가
'어머니는 어떠실까?'
문득 그런 생각이 들었다.

윤화 어머니 눈에는

그녀가 얼마나 예쁘고 귀하겠나.

심지어 어리기까지 한 딸이

나가서 산다는 것만으로도 걱정되는데

갑자기 다섯 살이나 많은 남자를 만난다니….

어머니가 표현은 안 하셨지만

나 같아도 걱정이 될 것 같았다.

그래서 그녀에게 말했다.

"윤화야, 너 어머니 뵈러 갈 때

오빠도 같이 가서 인사드릴게!"

솔직히 어머니께 보여드리고 싶기도 했다.

저 믿을 만한 놈이니 걱정하시지 말라고

안심시켜드리고 싶었달까.

윤화를 따라 집으로 간 날.
너무 떨리는 나머지 엄청나게 쭈뼛거렸지만,
내가 낼 수 있는 가장 큰 목소리로 인사드렸다.

"어머니, 안녕하세요.
저는 예쁜 따님의 남자 친구, 김민기라고 합니다.
제가 윤화 잘 지켜주겠습니다!
걱정하지 마세요!"

그리고 그만 가보겠다고 한 다음
멋지게 돌아서서 가려는 순간
어머니가 말씀하셨다.

"지금 시간이 몇 신데 가려고 해.
집에서 밥 먹고 자고 가!"

아, 그 순간… 정말 당황했다.
온몸이 굳어지기 시작하면서

무슨 정신으로 앉아 있었는지….

같이 밥을 먹는데 무슨 대화를 한 건지
밥이 입으로 들어가는지 코로 들어가는지
이게 지금 무슨 맛인지, 내가 잘한 건지
아무것도 기억이 안 났다.

그리고 정신을 차려보니
방 안에 혼자 누워 있었다….

다음 날 어머니께 인사드리고
서울로 오는 길에 걱정이 이만저만이 아니었다.

혹시 실수한 건 아닐까,
믿음직한 모습은커녕 싫어하시진 않을까.

그런데 윤화에게서
어머니의 말씀을 전해 듣고는

조금 안심이 되었다.

착하고 순수해 보이는 게 마음에 든다고
밥 먹을 때 윤화 챙겨주는 모습이
참 예뻐 보였다고 하셨다고.

앞으로 더 좋은 모습
많이많이 보여드려야겠다.

내가 아들일까, 네가 딸일까

윤화의 어머니를 뵙고 나서
얼마 후에 윤화가 제안을 했다.

"오빠, 나도 오빠 부모님 뵙고 싶어!"

그렇게 엄마와 나, 윤화 세 사람은
횟집에서 처음 만나게 되었다.

중요한 자리이니만큼 방으로 예약을 했고,
우리는 앉아 밥을 먹기 시작했다.
어렵고 어색했는지 방 안에 정적이 흘렀다.

윤화는 안절부절못하다가
자기가 뭔가를 해야겠다고 생각한 것 같았다.

"어머니, 사이다 좀 드세…"

엄마에게 말을 걸며 사이다병을 집어 들었는데,
말이 끝나기도 전에 병을 쳐서
사이다가 나뒹굴기 시작했다.

윤화는 너무 당황한 나머지
재빨리 수습하려고 병을 집다가
또 미끄러져 놓치는 바람에
병이 바닥에 떨어졌다.

병이 그대로 바닥에 나뒹굴며
쏟아진 사이다가 이리저리 흘렀다.

우리 세 사람은
바닥에서 저 혼자 애처롭게 도는
사이다병을 바라보며
그만 웃음이 터져버리고 말았다.

윤화는 아직도 이 일을 두고
"흑역사"라고 말하며
생각날 때마다 이불 킥을 시전한다.

그런데 그녀는 알까?
자기 덕에 한바탕 웃고 나니
오히려 서로 좀 편해졌다는 사실을.

아, 엄마가 나중에 살짝 귀띔해줬는데,
그날 윤화가 엄마의 팔짱을 끼고

온종일 돌아다녔는데
그게 엄청 좋았다고 하시더라.

집에 딸이 없어서 서운했는데,
윤화가 딸처럼 살갑게 다가와줘서 고마웠다고.

이제 우리 엄마도
아들인 나보다 딸 같은 윤화를
더 좋아할 것 같다.

☆

아들 자리 지키려면 앞으로 분발해야 할 듯.

사진 속 롱패딩

성균관대 후문 쪽으로 이어진 오르막길을 올라가다 보면 서울 하늘과 가장 가깝게 맞닿아 있는 작은 술집이 하나 있다. 지금은 안주 가격이 4,000원인가. 8년 전에는 3,000원으로도 정말 푸짐하게 먹던 곳이다. 그런 저렴한 가격으로 하늘 아래에서 술을 마실 수 있다니. 정말 멋지지 않나?

그런데, 난 그 멋진 곳에 갈 때마다 마음이 아프다. 그 가게 한쪽 벽면에 그녀와 함께 찍은 사진이 걸려 있는데 그 사진에

얽힌 기억 때문이다.

사진 찍을 때가 6년 전쯤이었나, 당시 그녀는 드라마를 찍고 있었는데, 출연진들이 어마어마했다. 학생들이 많이 나와서인지 아이돌 연기자도 많이 나오고….

무엇보다 그 해가 무척 추웠다. 그래서 같이 드라마 찍던 유명한 배우들은 값비싼 롱패딩을 입고 있었는데, 내 여자 친구만 롱패딩이 없었다. 그때 여자 친구도 지나가는 말로 롱패딩을 입고 싶다고 했다. 그런데 나와 여자 친구의 수입으로는 당시 배우들이 입던 그 비싼 롱패딩을 살 수 없었다.

그래서 할 수 없이 전 재산 5만 원을 들고 구제 가게에 가서 2만 원인가 3만 원짜리 롱패딩을 하나 샀다. 때가 탄 만큼 사연도 많을 것처럼 생긴 낡은 롱패딩을 끌어안고 여자 친구는 뭐가 좋다고 싱글벙글하는지….

그 롱패딩을 사고 남은 돈으로 그날 저녁, 둘이서 그 술집에 앉아 술을 한잔하면서 사진을 찍었다. 사진 속 여자 친구는 참 예쁘게 웃는데 나는 그 사진만 보면 비싸고 좋은 롱패딩을 입은 사람들 틈에 손때 묻은 롱패딩을 입고 있는 그녀가 보여 마음이 아프다.
그런데도 좋다고 촬영장에서 롱패딩을 입고 이리 뛰고 저리 뛰었을 그 모습이 그려져서 가슴 한구석이 너무 아프다….

그때 그 롱패딩을 사주며 마음속으로 다짐했던 기억이 난다.
'열심히 일해서 진짜 돈 많이 벌어야지. 돈 많이 벌면 우리 윤화 롱패딩부터 사줘야지. 아니, 롱패딩 사고 싶을 때마다 마음껏, 제일 좋은 것으로 사줘야지.'
다행히 지금은 한정판 명품은 아니지만 그해 겨울 구제 가게에서 산 것보다는 좋은 것들을 사줄 수 있게 됐다.

하늘이랑 가장 가깝게 맞닿은 그 술집에 가면 그 사진을 보고 추억에 젖어 '아, 우리에게 저런 시절도 있었지.'라는 생각을 많이 한다. 그러면서 또 다른 다짐을 한다.
'저 때가 아무리 행복했다고 해도 다시 돌아가지는 말아야지.

지금보다 더 윤화랑 행복할 수 있게 앞으로도 열심히 해야지.'

살면서 돈이 다가 아니라는 말에 나도 동의한다. 그런데, 사랑하는 사람이 생기니 그래도 내가 좋아하는 사람이 원하는 거 사줄 만큼은 벌고 싶더라. 사랑하는 사람에게 좋은 걸 못 사준다는 게 얼마나 아프고 힘든 일인지 그때 충분히 알아서. 그 사람을 행복하게 해줄 수 있을 만큼만, 딱 그만큼만 더 열심히 벌고 싶다.

○
○

살면서 돈이 다가 아니라는 말,
맞다. 나도 동의한다.

그런데, 사랑하는 사람이 원하는 거
눈치 안 보고 사줄 만큼은 벌고 싶다.

그걸 못 해준다는 게
얼마나 마음 아픈 일인지 충분히 아니까.
그것만큼은 다시 겪고 싶지 않으니까.

해주고 해줘도 또 해주고 싶은 마음

여자 친구를 집에 바래다주는 길이었다.

어떤 사람이 꽃을 선물 받았는지
꽃다발을 양손에 감싸 안아들고 가는데
그 모습을 보고 여자 친구가 말했다.
“어머 저 꽃 너무 예쁘다!”

나도 여자 친구를 따라 덤덤하게 대답했다.

"그러네."

그렇게 집에 데려다주고 돌아오는 길에
꽃집을 찾아 엄청 뛰어다녔다.
(그때 진짜 숨넘어가는 줄….)

숨이 턱 끝까지 차올랐는데,
여자 친구한테 꽃 줄 생각을 하니까
이상하게 뛰게 되더라.

뭔가 즐겁고 그녀의 반응이 기대되고…
그래서 정말 열심히 뛰었다.

겨우 한 군데 찾아서 꽃을 사들고는
다시 여자 친구한테 달려갔다.
그러고는 전화해서 나오라고 한 다음에
그녀의 품에 꽃을 안겨주었다.

그때 여자 친구가 세상을 다 얻은 표정을 하고서
눈물까지 글썽이는데 얼마나 좋고 행복하던지.

'아, 이렇게 별거 아닌 걸로도 행복하게 해줄 수 있구나.'
'이렇게 하면 여자 친구가 웃는 구나.'
'내가 이 얼굴을 보려고 그렇게 뛰었구나.'

그 이후로 여자 친구에게 갈 때마다
꽃을 사들고 갔다.

계속…
계속, 계속…

"아이, 뭐야~ 진짜 고마워, 오빠!"
수줍게 고맙다고 말하던 여자 친구가
"오빠, 이제 꽃 제발 그만….
차라리 먹을 거 사다줘."
꽃 금지령을 내렸다.

그래서 꽃 대신 여자 친구 말대로
먹을 걸 사들고 갔다.

계속…

계속…

그리고 지금은 음식 금지령도 떨어졌다….

요즘은 여자 친구가 뭐 좋다고 말하지 않고
현금으로 달라고 말한다^^….
그래서 뭔가 사주고 싶을 때마다 현금을 준다.

뭘 주는 게 뭐가 중요한가.
여자 친구가 좋아하면 그걸로 됐지.

사랑하는 윤화가 행복한 일이라면
그게 뭐든 다 주고 싶다.

검색창에 검색을 해봐야겠다

검색창에 검색을 해봐야겠다.

왜 매일 설레는지….

너에게 달려가는 이 밤

"윤화야, 오빠 술 한잔했는데,
오늘따라 네가 너무너무 보고 싶다.
지금 동네로 갈까?"

이상하게 밤에 술 한잔하면
여자 친구가 너무 보고 싶다.

그럴 때는 방법이 없다.

바로 출발하는 수밖에.

술집에서 먹던 안주가 맛있으면
같은 걸로 하나 더 포장하고

지나가는 길에 꽃집에 들러
여자 친구가 좋아하는 꽃을 사들고

여자 친구가 잘 먹는
치킨이랑 수박을 사들고

그래도 뭔가 부족하다 싶으면
여자 친구 단골 떡볶이 집에 가서
떡볶이랑 순대도 사고

그렇게 양손은 묵직하게
보고 싶은 마음도 꾹꾹 눌러 담아서
그녀에게 가는 수밖에 없다.

그래서 나는 오늘도
술 마셨다는 핑계 삼아
당신에게로 달려간다.

사랑하는 마음,
보고 싶은 마음을
혼자 어쩌지 못해서.

사랑꾼보다 더 멋진 이름은요

"민기 씨는 정말 사랑꾼인 것 같아요!"

(쓰면서도 참 쑥스럽습니다만…)

여자 친구와의 에피소드를 듣고

주위에서 그런 이야기를 많이 해주세요.

그런데, 사실은요…

저, 사랑꾼 아니에요.

9년 가까이 그 사람을 만나면서
그녀가 싫어하는 말과 행동들, 많이 했습니다.

한 번도 안 했다고 하면 거짓말 아니겠어요?
그런데 어떻게 제가 사랑꾼이 될 수 있었을까요?

'그 사람이 정말 싫어하고 걱정하는 거
그것만이라도 하지 말자.'

'다툼의 원인이 된 행동은 반드시 기억하고 고친다.'

윤화가 밤늦게까지 술 마시는 걸 싫어해요.
그래서 통금 시간은 반드시 사수하고요.

옆에 없을 때 연락이 안 되면 걱정해서
늘 휴대폰 배터리부터 충전해놓고
항상 연락할 수 있게 했어요.

이렇게 하나하나 고쳐나가고
서로에게 조금씩 맞추려고 노력해요.

그러니까 저는
엄밀히 말하면 사랑꾼은 아니에요.

사랑하는 사람을 더 사랑하고 싶어서
우리 두 사람이 더 행복해지기 위해서
열심히 애쓰는 '노력꾼'인 거죠.

그런데 저는 이 말이,
사랑꾼이라는 수식어보다
훨씬 더 좋아요.

한결같이 그 사람을 사랑하려고
오늘도 최선을 다한다는 말 같아서.

· CHAPTER 2 ·

우리 둘은 다르지만 마음은 같으니까

이거 하나만 양보해주면 안 돼?

여자 친구와 나는 쇼핑 스타일이 많이 다르다. 나는 많이 돌아다니면 허리가 아파서 쇼핑을 오래 하지 않는다. 보통 살 것을 미리 정한 다음 그것만 사러 간다. 그런데 여자 친구는 계속 돌아다니면서 이것저것 비교해보거나 마음에 드는 게 있어야 사는 편이다.

각자 따로 쇼핑을 하면 상관없지만 함께 뭔가를 사러 가야 하거나 특히 내 옷을 사러 갈 때는 이런 차이가 문제가 될 때가 있다. 여자 친구 입장에서 보면 내 옷을 사주겠다고 발품을 파는 건데 나는 자꾸 아프다고 하고 싫어하는 내색을 하니까 당연히 짜증이 날 게 아닌가.

초반에는 이 문제로 감정이 상하고 많이 부딪쳤다. 그래서 한번은 여자 친구에게 이렇게 부탁했다.

"윤화야, 나는 지금껏 그렇게 살아왔어. 물론 네가 좋아하는 일이라면 나도 좋아해 보고 같이 하려고 노력할 거야. 그렇지만 쇼핑을 오래 하는 것만큼은 네가 양보해주면 안 될까?"

그 말을 들은 여자 친구는 내가 그렇게까지 싫어하는 줄 몰랐다며 그다음부터 오래 쇼핑하는 건 요구하지 않았다.

연애할 때 상대가 힘들다고 하면 내 의견만 강요하지 않고 가끔은 한 발 뒤로 물러나 주는 것, '이런 건 저 사람이 나랑 다르구나.' 다름을 인정해주는 것도 중요한 것 같다.

○
○

여자 친구가 가끔 친구들과
밤늦게 동대문으로 쇼핑하러 간다.

쇼핑하는 데 따라가지 않아서 좋기는 한데,
여자 친구의 귀가가 늦어지니
다른 걱정거리가 생긴 셈이다.

위험하니까 너무 늦게까지
쇼핑하지 않았으면 좋겠는데,
그건 내 욕심이겠지.

그녀가 한 발 물러나준 것처럼
이번에는 내가 물러날 때인 것 같다.

휴….
가끔은 내 마음대로 하고 싶다!

있는 그대로 사랑해주면 안 돼?

빠르게 돌아가는 톱니바퀴와

느리게 돌아가는 톱니바퀴.

이 두 바퀴가 맞물려 굴러가면

어떻게 될까요?

당연히 잘 굴러갈 리가 없겠죠.

그러다 보면 빠르게 돌아가는 톱니바퀴가

"나한테 맞추라고 이 느림보야!"라며 화내고

느리게 돌아가는 톱니바퀴가
"너나 잘하세요.
빠른 네가 속도를 안 맞추니까
문제가 생기는 거 아냐."라며 받아치게 됩니다.

여자 친구랑 제가 꼭
모양도 다르고 속도도 다른
이 톱니바퀴 같았어요.

연애 초반에 성격 차이가 있었거든요.
저희 두 사람, 성향이 거의 정반대예요.

뭔가 결심해서 어떤 일을 추진할 때
여자 친구는 몸으로 먼저 부딪치고
저는 생각을 먼저 해요.

여자 친구는 싸우면
당장 달려와서 대화로 풀어야 하는데

저 같은 경우에는
싸우면 전화도 안 받고
가만히 누워서 혼자 있어야 해요.

식성도 그래요.
여자 친구는 고기를 좋아하고
저는 회를 더 좋아해요.

쉬는 날이 되면
여자 친구는 그동안 못 논 거 다 놀아야 하고
저는 집에 가만히 누워서 쉬어야 하고요.

정말 다르죠?
(써놓고 보니까 정말 다르네요.)

이런 문제로 싸울 때마다
저는 제 이야기만 하면서
여자 친구에게 맞춰달라고 강요했어요.
그랬더니 여자 친구가 그러더라고요.

"오빠, 우리가 20년 넘게 다르게 살아왔는데,
어떻게 하루아침에 성격을 딱 맞추면서 살아요?
왜 나를 바꾸려고만 해요?
그냥 있는 그대로 사랑해주면 안 돼요?"

아… 그 말을 듣는데
'내가 나만 생각했구나.'
'너무 내 기준으로만 여자 친구를 봤구나.'
반성하게 되더라고요.

저는 저 하고 싶은 대로 하면서
여자 친구만 바뀌길 바라고 있었으니
그 사람이 얼마나 힘들었을까요?

연애는 서로 다른 모양, 다른 속도의 톱니바퀴가
맞물려 돌아가는 일인 거 같아요.

물론 처음에는 당연히 잘 맞지 않겠죠.
그러다가 서로에게 맞추면서 깎이고
모양도 속도도 변하게 되면
어느 순간 완벽하게 맞아서 돌아가는 게 아닐까요.

처음부터 한 번에 맞추려고 욕심을 부리면
고장 나기만 할 뿐, 절대 맞지 않아요.
그러니까 서로 조금씩 양보하면서
천천히 맞춰나가 보세요.
어느 순간 서로를 좀 더 이해하게 될 거예요.

아, 청소하는 것만 빼고요….

이 세상에 당연한 건 없다

“내가 남자 친구니까

당연히 너를 집까지 데려다줘야지.”

“왜? 아니야, 오빠.

남자 친구라고 꼭 데려다줄 필요 없어.”

“너를 데려다주는 건

남자 친구인 나만의 특권이야.

내 당연한 권리를 빼앗지 말아줘."

네가 날 걱정하는 마음이 예쁘고
나의 배려를 당연하게 생각하지 않아 고맙고
나를 존중해주려고 해서 기뻐.

하지만, 너를 아껴주고, 지켜주고 싶고
그런 마음을 표현하는 게
너를 사랑하는 남자로서
내가 해야 할 일이 아닐까.

만능 프리 패스권

원만한 연인 관계를 위해서는
상대의 기분이나 상태를
세심하게 살피는 게 중요합니다.

만약 상대가 적신호를 보내오면
즉각 알아차리고 반응해야 하죠.
하지만 말처럼 쉽지 않습니다.

그럴 땐 서로 주고받을 신호를
정해두는 것도 방법입니다.

저희 같은 경우는요,
바로 둘 중 한 사람이
"아~!"라고 말하면
하던 일이 무엇이든 일단 멈추고
상대방에게 집중합니다.

요즘 스마트폰 때문에
연인 사이에도 대화가 줄어들고
만나도 각자 휴대폰 만질 때가 많잖아요.

저도 그럴 때가 있거든요.

특히 저는 게임을 좋아해서
휴대폰으로도 가끔 할 때가 있는데
그때 윤화가 "아~!"라고 말하면

무조건 하던 걸 멈춰야 해요.

게임에서 지거나 캐릭터가 죽더라도
무조건 내려놓고 여자 친구를 보는 거죠.
그리고 눈을 맞추며 대화를 하는 겁니다.

이건 우리끼리의 약속입니다.

서로 다투고 화가 나서
아무 말 하지 않을 때도
누군가 먼저 "아~!"라고 말하면
상대의 화를 풀어줘야 해요.
(자, 눈치 게임을 시작해볼까.)

또 데이트하다가 제가 노래방을 가고 싶은데
여자 친구가 안 간다고 하잖아요,
그때도 제가 "아~!"라고 하면
여자 친구는 무조건 노래방에 가야 합니다.

언제든 상대방이 "아~!"를 외치면

어떤 순간이라도 상대에게 집중하며

무조건 그의 이야기를 들어주는 거죠.

일종의 프리 패스라고 할까요?

나도 모르는 새 당신에게 소홀해질 때면

멀어지는 당신 마음으로

곧장 달려갈 수 있게 해주는 프리 패스.

당신에게는 무엇이든 허용하겠다는,

오직 당신에게만 주겠다는 사랑의 약속.

가끔은 그 덕을 톡톡히 보지만

눈치 없이 막 쓰면 안 통할 때도 있습니다.

그러니 여러분도 적당히, 눈치껏

잘 이용하시길.

○
○

유효기한도, 횟수 제한도 없는

너만을 위한 프리 패스권.

가끔은 따지지 말고 당신이 원하는 대로

여자 친구와 나는 아주 다르다.

단적으로 여자 친구는 활동적이지만

나는 완전 집돌이다.

성격부터 생활 패턴까지….

만날수록 서로 좋아하는 것들이

너무 다르다는 걸 깨달을 때가 있다.

(서로를 좋아하는 것만 빼고.)

그래서 우리도 대다수의 커플과 똑같이
이런 다른 점들을 맞춰나가는 데
적잖은 노력이 필요하다.

보통 이런 경우, 관계를 잘 유지하려면
서로 이해하고 양보하면서
맞춰줘야 한다는 이야기를 많이 한다.

그래서 조금 극단적이지만 우리는 가끔
한 사람이 다른 한 사람에게
'무조건' 맞춰주는 데이트를 한다.

이름 하여
'윤화가 하고 싶은 대로 하기'
'민기가 하고 싶은 대로 하기'

취향이 다른 상대 덕분에
해보지 않거나 먹어보지 않았던 것들을

새롭게 경험할 수 있어 좋을 때가 있다.

가령 나는 여자 친구 덕분에
비싼 고깃집에서 고기를 먹어봤고
여자 친구는 나를 따라다니며
횟집에 드나들기 시작했다.

싸우기는커녕
나는 그녀 덕에 고기를 좋아하게 되었고
지금 윤화는 나보다 더 회를 잘 먹는다.

또 나는 여자 친구와 함께 다니며
사람들의 정과 맛있는 음식이 가득한
시장 데이트의 묘미를 알게 되었고
여자 친구는 만화방에서 온종일 만화책을 보는
색다른 데이트 코스를 하나 더 알게 되었다.
(물론 만화책보다는
주문한 음식을 볼 때 더 행복해했지만….)

매번 세심한 질문과 대화를 통해서
눈치껏, 센스 있게
서로를 배려하는 것도 물론 좋다.

그런데 우리처럼
연인에게 무조건 맞춰주는 데이트도
가끔은 할 만하다.

일방적으로 맞춰주는 게
처음에는 낯설고 불편하더라도
상대가 정말 원하는 게 무엇인지
확실히 알게 되니까.

절대로 간과하지 말아야 할 것

7~8년 전인가, 20대 후반이었을 때 일이다.

직업이 개그맨이다 보니
내게는 일종의 직업병 같은 게 있다.

'사람들에게 어떤 식으로라도 웃음을 줘야 하고
사람들이 하는 어떤 말도
웃으면서 넘길 줄 알아야 한다.'

여자 친구도 개그우먼이다 보니
그 당시에는 동기들과 극장에 모여서
생활하는 일이 많았다.

그만큼 그 공간 안에는
재미있고 끼 있는 친구들이 참 많았다.

어떤 친구들은
자기 이야기로 웃음을 주고
어떤 친구들은
누구를 이용해서 웃음을 주고
웃기는 방법도 각양각색이었는데,
나는 후자에 가까웠다.

하루는 많은 사람들 앞에서
평소처럼 장난을 쳤다.
'누구'를 이용해서 개그를 시도했는데,
아뿔사, 그 '누구'가 하필 여자 친구였다.

"윤화야, 그만 먹어. 더 커진다."
"이리 오너라. 등에 업지는 못하지만 놀자꾸나."

그 순간은 잘 넘어갔지만
여자 친구를 집에 바래다주는 길에
윤화가 내게 말했다.

"오빠, 나는 오빠 여자 친구야.
그런데 사람들 앞에서 말하는 거 보면
오빠가 나를 소중하게 생각하지 않는 거 같아…."

하아…. 그때 얌전히 듣고
사과했으면 되었을 일인데,
인간이란 참 이렇게 어리석다.

나는 윤화의 말에 반박하며
불난 집에 부채질을 하고 말았다.
"우리 개그맨이잖아. 웃자고 장난친 건데

개그맨이 그걸 못 받아치면 어떡해."

그러자 그녀는 그동안 많이 서러웠는지
말이 끝나기 무섭게 펑펑 울면서 대꾸했다.

"나는 개그맨이 아니라
오빠 여자 친구라고, 여. 자. 친. 구!"

왜 그걸 몰라주고
여자 친구를 울렸을까.

철없는 내 말과 행동이
그녀에게 얼마나 큰 상처였을까.

여자 친구는 울리면서
나는 도대체 누구를 웃기겠다고
그 농담을 했던 걸까.
그녀의 눈물에 정신이 번쩍 든 다음부터는

절대 여자 친구를 개그 소재로 삼지 않고

누군가 그녀를 상대로 농담을 하려고 하면

먼저 나서서 불같이 화를 낸다.

곁에서 지켜주지 못하고

편이 되어주지 못한 거 같아서

지금 생각해도 그때 그 순간들이

너무 미안하다.

그래서 앞으로는 함께하면서

이거 하나만 기억하려고 한다.

개그맨, 개그우먼이기 이전에

내가 세상에서 제일 사랑하는 사람이라는 거.

☆

네가 평생 나를 놀린다고 해도 화내지 않을게.

그렇지만 주먹다짐은 안 돼.

아무것도 아닌 그 한마디 때문에

"오빠, 제발 표현 좀 해!"

상대가 만족할 만큼 사랑을 '표현'하는 일은 참 어렵다. 연애 초반에 나도 이 문제로 여자 친구의 눈총을 자주 받았다. 그러고 보면, 나는 그녀에게 뿐만 아니라 살면서 보고 느끼는 것들에 대해 표현을 잘 못하는 사람인 것 같다.

"아~ 오늘 날씨 정말 좋다!" "아, 나 오늘 너무너무 행복해!" 다른 사람들은 이런 말도 잘하던데, 난 너무 어색해서 입 밖으로 꺼낼 생각도 잘 못한다. 여자 친구한테 선물을 받으면 고마움을 잘 표현해봐야 "아, 잘 쓸게!" "아, 고마워!" 겨우 이 정도다.

그녀도 그게 못내 서운했던 모양이다. 표현을 좀 해줬으면 좋겠다고 하길래 어떻게 해야 하나 싶어 그녀가 하는 말과 행동을 관찰했다.

솔직히 좀 놀랐다. 내가 본 그녀는 아무것도 아닌 일에도, 진짜 아주 사소한 일에도 감정을 담아서 이야기하는 사람이었다. 상대에 대한 고마움, 자기가 지금 얼마나 행복한지 이런 것들을 풍부하게 표현한다.

"오빠! 이거 너무 좋다! 어디서 샀어? 최고야!"
"오빠가 직접 고른 거야? 센스 장난 아니다! 완전 예뻐!"
"오빠가 나 신경 써주고 챙겨줘서 정말 좋아요!"
"나, 오빠 덕분에 진짜 행복해!"

과장이 아니다. 진짜 거짓말 하나 안 보태고 이보다 더 세심하게 이야기하고 더 많이 행복하다고 표현한다. 그런데, 신기한 것은 말이나 감정이란 것도 전염이 되는지 듣고 있으면 여자 친구보다 내가 더 기분이 좋고 나도 덩달아 조금씩 따라 하게 된다는 것이다.

'이 사람이 나 때문에 잠깐이라도 행복하구나.'

그런 말을 할 때 뿌듯하고 기쁘고 내가 괜찮은 사람인 것 같고 계속 그렇게 해주고 싶고….

나는 그녀 덕분에 선물 받은 사람 못지않게 선물 주는 사람도 행복할 수 있다는 걸, 행복은 표현을 통해 더 크고 풍부해질 수 있다는 걸 배웠다. 그녀도 나로 인해 그런 감정을 더 많이 느낄 수 있으면 좋겠다.

생각해보면 여자 친구가 내게 바란 표현은, 이런 게 아닐까.

상대를 더 행복하게 해주는 따뜻한 말 한마디.

지금 나의 온 신경이 당신에게 집중되어 있다는 작지만 가장 확실한 반응.

그 사람이 가장 좋아하는 것

여자 친구랑 자주 가던 피자집이 있었는데, 그 피자집 사장님이 만화책을 좋아하셨나 보다. 가게에 만화책이 엄청 많았는데, 구하기 힘든 것들도 더러 있었다. 나도 만화책 마니아라서 거기 갈 때마다 "갖고 싶다. 진짜 갖고 싶다." 그런 말이 저절로 나온다.

한번은 여자 친구랑 좀 다투다가 내가 일방적으로 삐쳐서 집에 혼자 누워 있었던 적이 있었다. 그때 그녀가 찾아왔는데 내가 엄청 가지고 싶다고 노래를 불렀던 그 만화책을 사가지고 왔다. 구하기 힘든 책이라, 놀라서 삐친 것도 까먹고 물어봤다.

"이거, 구하기 힘든데… 어떻게 사온 거야?"

그랬더니, 여자 친구가 "그 피자집 사장님한테 엄청 사정했어. 제발 나한테 팔아달라고, 저거 가지고 가야 오빠랑 화해한다고…."라고 대답했다.

솔직히 그 말을 듣는 순간 화나고 삐친 게 눈 녹듯 사라졌다. 만화책은 둘째 치고 내가 뭘 좋아하는지 알고 내가 한 말을 기억해주고 나를 생각해준 것에 감동받았다.

얼굴도 알려진 터라 모르는 사람한테 사정하기가 부끄럽고 쉽지 않았을 텐데. 삐친 내 기분 풀어주겠다고 애써준 그 마음이 너무 고마워서 마음은 안 풀 수가 없었다.

○
○

내가 뭘 좋아하는지 알고
내가 한 말을 기억해주고
날 생각해주는 그 마음이 고마워.

아무리 사소한 일이라도 함께 의논하기

연애하는 기쁨 중 하나는
사랑하는 사람에 대해 알게 되는 것이
하나씩 늘어난다는 점이다.

나 역시 그녀에 대해 알게 되는 것들이
하나씩 늘어나고 있다.

많은 것 중에 하나를 이야기하자면,

여자 친구는 내가 뭔가를 결정할 때
자기에게 먼저 물어본 다음
결정하는 걸 좋아한다.

신발이든 좋아하는 만화책이든
사소하게는 이렇게 뭔가를 사려고 하는 것부터
중요한 결정을 하는 일까지 말이다.

아, 특히 힘들거나 고민이 있을 때
자기와 상의하는 걸 참 좋아한다.

그럴 때 그녀는 작은 것 하나도 소홀한 법 없이
참 열심히 들어주고 고민해주면서
함께 답을 찾으려고 노력한다.

그리고 그때마다 이 말을 꼭 덧붙인다.

"오빠, 나는 오빠가 뭔가를 결정할 때

내 의견을 물어봐 주는 게 참 좋아."

마음이 고운 그녀에게

문득 묻고 싶다.

음, 혹시 내가 나중에

너 몰래 보증이라도 설까 봐 걱정돼?

하하하…

농담이야, 농담….

☆

나도 네가 나와 뭔가를 상의할 때 참 좋아.

나에게 혜안은 없지만, 그만큼 네가 나에게 의지하는 것 같아서.

성급한 일반화의 오류

"삼시 세끼 잘 먹어서 배부르다, 그치?"

"오빠, 끼니를 아침, 점심, 저녁으로만 나누는 건
틀에 갇힌 생각이야. 성급한 일반화의 오류라고 생각해."

아, 나는 네 덕분에 이렇게 또 한 뼘 성장한다.

난 당기기만 할게, 한 번 밀고 용서해줘

연인과 전화하다가 자존심 세울 때가 있다.
괜히 지기 싫어서 더 퉁명스럽게 말하거나
상대가 다시 전화할 때까지 기다리는 일들.

우리에게도 그런 일이 있었다.
(물론 원인 제공은 내가 했지만.)

난 이야기가 다 끝난 줄 알고

약간 퉁명스럽게 말한 다음 전화를 끊었는데,
그녀는 자기가 말하고 있는데
중간에 자르고 끊었다고 더 화가 났다.

일부러 끊은 게 아니라고,
화가 나서 좀 퉁명스럽게 대했다고
해명도 하고 사과도 했는데,
그녀의 마음은 좀처럼 풀어지질 않았다.

다시 먼저 전화를 해도
여자 친구가 계속 토라져 있길래
먼저 전화해서 최대한 귀엽게,
울먹거리는 연기를 선보였다.

"윤화야, 오빠는 너랑 밀당할 생각 없어.
난 당기기만 할 테니깐
네가 한 번 밀고 용서해주라, 응?"

그랬더니 이 말이 귀엽다면서
여자 친구가 엄청나게 웃었고
바로 삐짐 주의보가 해제되었다.

아, 귀엽다면서
이 말 또 해달라고 하는데
얼마나 진땀이 나던지.

어쨌든 이렇게 또
폭풍 같은 하루가 갔고,
결론은 괜한 자존심 세우지 말라는 것.

어? 나도 전화하려고 했는데!

연인과 자주 연락을 하다 보면

타이밍이 맞아떨어질 때가 있다.

나는 그럴 때 참 좋다.

내가 마음먹고 여자 친구에게 전화했는데,

"어? 나도 방금 오빠한테

전화하려고 했는데!"라고 해줄 때.

그 타이밍이 너무 절묘해서
수화기 너머 들려오는 상대의 목소리에도
'어? 우리 통했네?'라고 느껴질 때.

'아, 이 사람도 지금 날 생각했구나.
바쁜 와중에도 틈틈이 나를 생각하고 있구나.'

그런 신호들이 비슷하게 맞아떨어질 때
우리가 서로를 많이 생각하고 있다는 걸,
상대에게 사랑받고 있다는 걸 느낀다.

관심종자 아니고

상대가 나에게 관심 갖고 있다는 게 느껴질 때
더없이 행복하고 설렌다.

가령 이런 경우다.

내가 우적우적, 소리 내며 과자를 먹는데
그녀가 그 모습을 보고
"오빠, 소리 내지 말고 얌전히 먹어."

이렇게 말해줄 때.

(물론 나는 더 큰 소리를 내며 먹었지만.)

내가 무슨 말을 했는데

그녀가 크게 웃으며 반응해줄 때.

(그런 말을 계속 반복한다.

10번… 20번… 30번…

30번이 넘어갈 때쯤

여자 친구가 정색하더라.)

그리고 그녀가 나를 챙겨줄 때.

이건 정말 유치한 건데…

한번은 여자 친구한테

"나, 엉덩이에 뭐 묻은 거 같아, 좀 봐줘."

그러면서 여자 친구가 봐줄 때

방귀 뀐 적 있다.

하아….

내가 생각해도 이건 맞아도 싸다.

계속하면 싫어할 줄 아는데도

나는 또 한다.

나에게 신경 쓰느라

한 번 더 눈 맞추고

나 때문에

한 번 더 웃는 모습을 보는 게 좋아서.

☆

정말 화가 났을 땐 안 통할 수 있음.

미묘한 줄타기를 잘하지 못한다면, 차라리 싹싹 비는 게 최고다.

잠깐 떨어져 있으면 좋을 줄 알았는데

어느 날엔가, 시간이 안 맞아서

여자 친구 혼자 일본 여행을 간 적이 있다.

연인들이 너무 자주 붙어 있으면

며칠 정도는 떨어져서

혼자만의 시간을 즐기고 싶을 때가 있지 않나.

나도 여자 친구가 없는 동안

친구들이랑 술 마시면서 놀 궁리를 했다.

솔직히 말하면 엄청 재미있을 줄 알았는데,
정말 하루도 재미없었다.

우선 나 같은 경우
여자 친구가 여행 간 첫날부터
걱정이 쓰나미처럼 몰려왔다.

'일본에서 무슨 일 생기면 어쩌지?'
'말도 안 통하는 타지에서 길이라도 잃어버리면?'
'이상한 사람이 말 걸면 어떻게 하지?'

계속 머릿속으로 소설을 쓰고
이런 생각이 심해지면 심해질수록 피가 말랐다.
걱정이 되니까 계속 전화를 하게 되고….

여자 친구는 스트레스 풀려고 여행 갔다가

아마 나 때문에 더 쌓였을지도 모른다.
3일 동안 2~3시간마다 계속 전화하고
나는 나대로 일이 손에 잡히지 않고.

그리고 무엇보다 가장 힘든 건
정말 너무너무 외롭다는 거다.

사람이 든 자리보다 난 자리가
더 표가 나타난다고 하던데,
그 말이 딱 맞았다.

내 일상이 알게 모르게
여자 친구 중심으로 맞춰져 있었나 보다.
혼자서는 할 게 별로 없더라.

여자 친구가 한국에 들어오는 날,
나는 그녀를 마중하러 버선발로 공항에 갔다.
그리고 만나자마자 부둥켜안고 뽀뽀만 했다. 헷.

그래서 말인데,

혹시 연인이 혼자 여행 간다고 하면

무조건 말리길.

경험상 남아 있는 사람, 너무 힘들다, 진짜.

내가 가면 좀 나을 줄 알았더니

인간은 어리석고

실수를 반복한다.

휴,

여자 친구 여행 갔을 때

그렇게 힘들어해놓고서

무슨 배짱으로 나 혼자 여행을 떠났다.

결혼을 준비하는 동안 이런저런 생각이 들어서
그랬던 것 같다.

'아, 나는 여태 혼자 여행을 떠난 적이 없구나.
이번 기회에 한번 가봐야겠다!'

그래서 여자 친구에게 말하고 짐을 챙겼다.
"윤화야, 나 혼자 여행 좀 다녀올게. 제주도로!"

통보 아닌 통보를 했는데,
여자 친구는 흔쾌히 허락해주더니
비행기도 척척 예약해줬다.
(아… 전 할 줄 몰라요.)

그렇게 4박 5일 동안 제주도로 떠난 나.

무작정 발길 닿는 대로 가보고 싶어서
숙소나 일정은 잡고 가지 않았다.

첫날은 자동차를 렌트해서

해안도로를 달리며 시간을 보냈다.

(영화나 드라마 보면

혼자 차를 타고 바닷가 가던데

솔직히 멋있더라.

뭔가 분위기도 있고….

해보고 싶었다.)

그렇게 5시간 정도를 돌아다녔나?

밥도 먹고 바다도 보고 술도 마시고….

그런데 가는 곳마다,

맛있는 음식을 먹을 때마다

해변을 거닐 때마다

여자 친구 생각이 났다.

일부러 그렇게 잡은 것도 아닌데

방은 왜 그렇게 또 큰지

밤바다 파도소리는 왜 그렇게 구슬픈지
술은 그날따라 왜 그렇게 쓴지
쓸쓸하고 외로웠다.

결국 4박 5일 동안 아무것도 못하고
외로움과 싸우다가 돌아와야 했다.

서울에 도착하자마자
바로 여자 친구에게 달려갔는데,
비로소 제자리를 찾은 것 같았다.

역시 난 윤화 옆자리가 딱 인가 보다.

당신은 사랑받기 위해 태어난 사람

난 생일을 잘 챙기는 편이 아니다.

'생일날이 뭐 별건가,
평범하게 흘러가는 다른 하루랑 똑같지.'

그렇게 생각했던 것 같다.
최소한 여자 친구를 만나기 전까지는.

그런데, 여자 친구를 만나고

처음 맞이하는 생일날,

그 사람이 나보다 더 들뜬 걸 봤다.

"오빠, 생일날 어디 가고 싶어?"

"뭐 필요한 거 없어, 뭐 해줄까?"

"생일 파티에 누구누구 오라고 할까?"

"뭐 특별히 먹고 싶은 건 없어?"

나는 눈치 없이 그런 여자 친구에게

심드렁하게 대답했다.

"아무 데나 가자."

"딱히? 아무거나~"

"뭘, 누굴 불러?"

"그냥 아무거나 먹어도 돼."

결국 내 성의 없는 대답에

여자 친구는 속이 상했고
나는 그녀가 유난한 거라며
같이 짜증을 냈다.

시간이 좀 지나고 나서
여자 친구한테 물었다.

생일이 뭐길래 그렇게까지 신경 쓰냐고.
그랬더니 여자 친구가 그러더라.

"오빠는 옆에서 보면 참 외로운 사람 같아.
근데 그걸 당연하게 받아들이며 지내는 거 같아서
마음이 아팠어. 나는 그게 너무 싫었어.
그래서 알려주고 싶었고, 느끼게 해주고 싶었어.
오빠는 축복 받은 사람이고, 사랑받는 사람이라는 거.
내가 그렇게 행복하게 해주고 싶었어."

하아…. 이 여자, 뭐지?

정말 마음이 너무 예쁘고

사랑스러운 것 같다.

그래서 지금은

여자 친구가 내 생일 그냥 지나가려고 하면

먼저 토라지고, 악착같이 선물 받고 그런다.

저 사람한테 사랑받는 게

너무 좋아서.

너무너무 행복해서.

☆

물욕 있는 거 아님.

무조건 나를 믿어주는 사람

신인 때 내가 친구들과 자취하던 집은 공연장에서 지하철을 타고 한 시간 넘게 가야 하는 거리에 있었다. 막차가 보통 12시인데 코너 회의가 길어질 때가 많아서 그럴 때는 아예 그다음 날 첫차를 탔다. 회의가 새벽 2시쯤 끝나면 여자 친구가 함께 첫차를 기다려주는 게 우리의 일상이었다.

그렇게 피곤한 상태로 들어갔다가 오후 공연 시간에 맞춰서 나오기를 반복하다보니 몸도 힘들고 시간도 비효율적으로 써서 일에 집중하기가 어려웠다. 그 모습을 곁에서 지켜보던 여자 친구가 내게 한 가지 제안을 했다.

"오빠, 대학로에 방을 구해보면 어때?"

혼자 살아본 경험이 없는 것도 걱정이었지만 당장 방을 구할 돈이 없는 것도 문제였다. 그래서 여자 친구에게 솔직하게 털어놓고 상의했다. 그랬더니 여자 친구가 "오빠, 내가 100만 원 빌려줄게!"라고 말하는 게 아닌가.

그 말을 듣는데, 솔직히 엄청 놀랐다. 지금도 적은 돈은 아니지만, 그때 100만 원은 1,000만 원 같았으니까.
'나랑 만난 지 얼마 되지도 않았는데, 이 여자, 나를 뭘 믿고 돈을 빌려주는 거지? 솔직히 나 지금 갚을 능력도 안 되는데….'
그래서 그녀에게 물었다. "왜? 나를 어떻게 믿고?"
그랬더니 여자 친구가 "주는 거 아냐, 빌려주는 거야. 내가 오빠 미래에 투자하는 거라고 생각해줘!"라고 했다.
그렇게 여자 친구의 도움을 받아 대학로 부근에 방을 구했다.

창고를 개조한 것 같은 집이었는데, 보증금 100만 원에 월세 27만 원. 처음으로 혼자 사는 집이었다. 그때 여자 친구가 첫 월세까지 내줬다. "첫 월세는 오빠의 성공을 위해서 내가 낼게!"라는 근사한 말과 함께.

그렇게 혼자 살다 보니 처음에는 걱정도 많았는데 조금씩 내게 변화가 생겼다. 우선 이동하는 시간이 줄어드니 시간을 아낄 수 있었고 자연스레 그 시간을 일에 집중하는 데 쓰게 되었다. 그리고 무엇보다 내 인생에 대해 책임감이 생겼다. '무조건 성공해야겠다. 뭐부터 해야 하지?'

신세 한탄할 시간에 어떻게 더 나은 방향으로 상황을 바꿀 수 있을지 생각했다. 그때부터 미친 듯이 하고 있던 일에 집중했고 일도 잘 풀렸다. 또 알게 모르게 나가던 돈도 줄면서 안 모이던 돈이 모이기 시작했다. 혼자서는 못 살 거라고만 생각했는데, 여자 친구 덕분에 많은 게 바뀌었다. 그렇게 노력해서 몇 달 후 여자 친구가 빌려준 100만 원도 갚았다.
지금도 가끔 생각한다. 오직 나라는 사람만 믿고 100만 원을

떡하니 내어주던 그 사람의 마음에 대해. 누구보다 나를, 내 미래를 걱정하고 내 성공을 바라던 그 사람의 마음에 대해. 그 마음이 뭔지 조금은 알 것 같아 앞으로 평생 그 사람에게 잘하며 열심히 살아야겠다고 또 한 번 다짐한다. 만약에 이 여자 안 만났으면 지금쯤 나는 어떻게 됐을까. 이렇게 현명한 여자가 내 사람이라 얼마나 감사한지 모른다.

여자 친구 말을 잘 들으면 자다가도 떡이 생긴다

여자 친구를 만날 때 나는 참 가난했다. 경제적으로도 넉넉한 편이 아니었지만 무엇보다 마음이 가난했었다. 여유가 없었다. 동기들은 방송에서 잘나가는데 나 혼자 무대 뒤에 덩그러니 앉아 개그 코너를 짜고 있을 때면 솔직히 친구들이 부러웠다. 잘했다고 축하해주고 인정해줘야 하는데 질투가 나서 엄청 괴로웠다.

그때마다 여자 친구에게 이런 푸념을 늘어놓았던 것 같다.

"나는 안 될 거야." "나는 성공 못 할 거야…." "휴, 나는 재능이 없는 거 같아."

그때 곁에서 여자 친구가 내게 해준 말이 있다.

"오빠, 말에는 기운이 있어. 좋은 말을 하면 좋은 기운이 들어오고 나쁜 말을 하면 나쁜 기운이 들어오는 거야!"

솔직히, 그 말을 듣는데, 한 대 얻어맞은 것 같았다. 여자 친구가 나보다 다섯 살이 어린데, 훨씬 어른스러운 모습에 좀 부끄러웠다.

그래서 그때부터 여자 친구가 해준 말만 믿고 무조건 열심히 했다. 여자 친구는 나를 가장 생각해주고, 아껴주고 또 사랑해주는 존재니까, 나 잘못된 길 가라고 등 떠밀지 않을 테니까. 부정적인 말, 자신감 없는 말, 내가 나를 기죽이는 나쁜 말 같은 건 의식적으로 하지 않으려고 노력했다.

그렇게 안 좋은 말들을 인생에서 거둬내니까 내가, 내 삶이 조금씩 바뀌었다.

특히 주변에서 나를 바라보던 시선이, 평가가 확 바뀌었다. 나를 멀리하던 사람도 친근하게 다가오고, 일할 때도 확실히 자신감이 붙고….

그래서 지금도 그 누구보다 여자 친구의 말을 더 열심히 귀 기울여서 듣는다. 여자 친구만큼 나를 가까이에서 지켜보고 애정 어린 마음을 담아 조언해주는 사람은 또 없을 테니까.

☆

지금 곁에서 여자 친구가 당신 걱정을 하고 있으면

더 가까이 다가가 귀 기울여보세요

그리고 믿어보세요 그 말이 당신의 인생을 더 멋지게 바꿔줄지도 몰라요

콩닥콩닥 민기쌤

힘들었던 무명 시절을 보내고

사람들에게 나를 알리게 된 계기가 있었다.

바로 SBS 예능 프로그램 '웃찾사'에서 했던

'콩닥콩닥 민기쌤' 코너를 할 때다.

이 코너는 참 신기하다.

나는 보통 개그를 짤 때 남을 받쳐주거나

기승전결이 탄탄한 구성을 선호한다.

(제가 그런 걸 참 잘해요.)

그래서 여자 친구랑 같은 코너에 출연할 때도

내가 그런 스타일의 개그를 짜고

여자 친구가 덧붙여서 재미를 살리곤 했다.

그런데 어느 날, 여자 친구가

어떤 드라마를 보고 개그를 짰다며

나에게 해보라는 게 아닌가.

"오빠, 내가 드라마를 봤는데,

거기 나오는 남자 주인공 이미지가

오빠랑 완전 비슷한 거 있지!

오빠도 이런 캐릭터로 개그 하면

진짜 잘 소화할 거 같아!!"

(죄송한 이야기지만…

그 비슷한 느낌의 캐릭터가
서강준 씨 역할이었다…)

여자 친구는 신이 나서 말하는데
솔직히 방송에서 그런 멋있는 역할
전혀 해본 적 없었던 터라
당연히 못한다고 했다.
다른 사람이랑 하라고 거절하면서.

그런데 여자 친구가
이렇게 말하는 게 아닌가.

"오빠, 이거 무조건 오빠가 해야 해.
완전 오빠랑 찰떡이야. 대체 불가라니까.
내가 알고 있는 오빠 모습대로만 하면 되는데?
오빠는 자상한 사람이잖아. 그 모습 그대로 보여줘."

(아, 최면에 걸린 건가.)

그 이야기를 듣고 안 할 수 없어서 일단 해보기로 했다.
감독님도 괜찮을 거 같으니 녹화해보자고 하고.
이게 무슨 상황인가 싶었는데,
그때까지도 솔직히 이런 생각뿐이었다.

'그래, 일단 해보기만 하지 뭐.
녹화해보고 안 할 수도 있잖아.
해보기만 하자, 해보기만….'

그렇게 개그우먼 윤효동 씨까지 해서
3명이 함께 코너를 짠 다음 녹화를 했다.
그런데… 이건 뭐지?
현장 반응이 나쁘지 않더니
감독님이 방송에 내보내자고 하는 게 아닌가.

그때까지도 솔직히 반신반의했다.
'이게 방송에 나갈 정도인가?'

(아님 쫄보이거나.)

아, 그런데 막상 방송 나가고 나서
너무 많은 분이 좋아해주시는 걸 보고
조금씩 실감이 났다.

너무 놀라기도 하고, 좋기도 하고
내가 코너를 짠 것도 아니고
여자 친구가 하라는 대로 한 것뿐인데
이런 관심과 사랑을 받게 되니까
어안이 벙벙했다.

그렇게 '콩닥콩닥 민기쌤'은
레전드 매치에서 1등을 하고
'웃찾사'라는 프로그램이 없어질 때까지
많은 사랑을 받았다.

지금도 그때를 생각하면 신기하다.

애틋하고 많이 뭉클하고…

여자 친구한테 고맙고.

'콩닥콩닥 민기쌤'은

내게 의미가 큰 담긴 작품이다.

개그맨으로서 나를 알린 코너이기도 하고

항상 남을 띄워주는 스타일의 개그만 해오다가

다른 것도 잘할 수 있다는 걸 알게 해줬으니까.

그런데 그보다 더 의미 있는 이유는

여자 친구가 날 생각해서,

나를 돋보이게 해주려고 만든 코너라는 거.

나라는 사람을 자세히 들여다봐주고

나도 모르는 나의 좋은 모습을 발견해주고

그걸 내가 잘할 수 있는 캐릭터로 만들어주어서

그 코너가 만들어질 수 있었다.

솔직히 누가 이렇게까지 해줄 수 있을까?
홍윤화라는 사람이 아니라면.

그 사람이 만들어준 캐릭터가 곧
그만큼 날 생각하고 나에 대해 잘 알고
나를 사랑하고 있다는 뜻이라고 생각한다.

그런 코너가 잘되기까지 해서 더 기쁘고
사랑하는 여자 친구에게 정말 고맙고
그런 사람이 내 편이라 너무 든든하다.

나를 알아봐 주는 사람이 있다는 건,
정말 행복한 일이다.

☆

나를 만들어준 너와 나를 알아봐 준 사람들이 있어 행복했어.

오빠가 최우수상 받게 해줄게!

여자 친구와 사귄 지 1년 정도 됐을 때
그 친구가 개그를 그만두고 싶다고 했다.
힘들고 자기랑 안 맞는 거 같다고 하면서.

그녀는 나보다 먼저 시작해
당시 4~5년 정도 개그를 한 상태였다.
그런데 자리도 못 잡고 수입도 없으니
나보다 얼마나 더 힘들었을까.

그녀가 신인상을 받았지만

그 후에 꾸준히 활동을 이어가지 못해서

약간 슬럼프가 온 것 같았다.

자존감도 좀 낮아진 것 같고.

늘, 나에게 기운을 북돋아주고

내가 잘될 수 있게 도와줬는데,

나도 그녀를 위해 뭔가 하고 싶었다.

그래서 내게 다짐하듯 그녀에게 말했다.

"윤화야, 오빠가 할 줄 아는 건 별로 없는데

그래도 개그 짜는 건 진짜 잘할 수 있거든?

오빠만 믿고 조금만 더 해보자!

오빠가 너 우수상이랑 최우수상 꼭 받게 해줄게!"

지금 생각해 봐도 그때

어디서 그런 자신감이 나왔는지 모르겠는데….

이상하게 '할 수 있다.' 잘될 거 같은 느낌이 들었다.

특히 내가 만든 개그를 여자 친구가 하면
정말 잘할 거라는 확신이 들었다.

그때부터 나는 정말 틈날 때마다
그녀가 돋보이는 코너를 만들었고,
그녀가 속한 다른 팀에 가서
개그 코너 짜는 것을 도와줬다.

그렇게 해서 영화 '하녀'를 패러디한 '홍하녀(2010)'가
관객들에게 사랑을 받았고, 신인상을 받은 지 4년 만에
2012년 SBS 연예대상에서 우수상을 받았다.

그 이후로 '민기는 괴로워(2013)',
'백주부TV(2015~2016)' '윤화는 일곱 살(2015~2016)' 등
윤화가 하는 코너들이 빛을 발하기 시작했고
2014, 2016년에 코미디 최우수상을 받았다.

나랑 한 코너에 있던 '픽마마' 캐릭터는

요리연구가 이혜정 선생님(빅마마)을 패러디한 것이다.

그런데 이 코너에서 윤화 캐릭터가 잘 안 살길래
다른 코너에 넣자고 의견을 냈고
'백주부TV'로 옮겨가 캐릭터가 잘 산 덕에
첫 녹화에서 정말 큰 웃음이 나왔다.

그때는 뭐라고 말로 표현하기 어려울 만큼
정말 기분이 좋았다.
이 '픽마마' 캐릭터가 터진 그 첫 녹화 반응은
정말 잊을 수 없을 거 같다.

그때 그 관객들의 반응을 보고
윤화한테 했던 약속을 지킨 것 같았으니까.

이 캐릭터로 윤화가 많이 알려지고
더 많은 사람에게 사랑받게 되어서
참 다행이다.

여자 친구가 잘되는 모습을 보고
가끔 그런 질문을 하는 사람들이 있다.

"홍윤화 씨랑 비교했을 때
본인이 유명하지 않은 것에 대해
어떻게 생각하세요?"

"행복한 일이죠.
윤화가 잘되는 게
곧 제가 잘되는 일이니까요."

난 정말 그런 건 상관없다.
좋은 일은 함께 좋아해주면 되니까.
오히려 나쁜 일이 아니어서 얼마나 다행인가.
물론 나쁜 일이 생겨도 내가 방패가 되어서
다 막을 생각이지만.

· CHAPTER 3 ·

사랑받고 싶다는 말의 다른 표현

거짓말 탐지기의 진실

그 사람 마음을 알아도 가끔은
사랑을 확인하고 싶을 때가 있다.

괜히 한 번 더 듣고 싶어서
옆구리 찌르는 그런 거.

한번은 거짓말 탐지기를 앞에 두고
여자 친구에게 물은 적이 있다.

"나야, 음식이야?"

"오빠지! 오빠를 훨씬 더 좋아하지!"

그 말을 듣는데 장난 반, 진담 반으로

그녀의 본심을 확인하고 싶어졌다.

"다시 물을게. 음식이야, 나야?"

"장난해? 당연히 오빠지!"

"삐비비비빅."

응? 뭐지? 윤화야….

"아니…, 사실 족발에

조금 마음이 가긴 해요…."

윤화는 먹을 거 좋아하니까…

그럴 수도 있어…. 그래….

"명품이야, 나야?"

"이건 진짜 오빠지!

나 명품 안 좋아하는 거 몰라?"

"삐비비비빅."

"아니…

실은 아끼는 가방이 있긴 해요…."

거짓말 탐지기… 괜히 했어….

☆

이거 겁 많은 사람이 하면 많이 울린대.

너 겁이 많아서 그런 거지? 맞지?

연인들이 흔히 싸우는 이유

사랑하기만 해도 모자란 시간인데,

도대체 왜 싸우는 걸까.

내 이상형은

'이나영' 님이다.

(맞다.

배우 원빈 님이랑 결혼한 바로 그분.)

여자 친구가 대뜸

"나야, 이나영이야?"라고 묻는다.

…

그리고 우리는 싸웠다.

답은 정해져 있는 건데 참….

☆

여자 친구 이름 말할 때는 스피드 퀴즈 풀 듯이.

3초 이상 고민하면 안 된다.

귀여운 질투

나야

갈치야?

☆

진짜 이러기야? 오빠 자꾸 서운해…

내사랑무꾹천사

춘심이네 갈치 구이 꼭 먹어 ㅋㅋ

춘심이네 갈꺼야 ㅋㅋ ㅋㅋ

내사랑무꾹천사

ㅋㅋㅋㅋㅋㅋ

내사랑무꾹천사

보고싶어

나둥..ㅠㅠㅠ

내사랑무꾹천사

갈치구이

아. 오빠

나.진짜 여봉봉 보고...? 응?

내사랑무꾹천사

ㅋㅋㅋㅋㅋㅋㅋㅋㅋㅋㅋㅋㅋ

하고 싶은 말 다 해

한번은 여자 친구가

진짜 화가 난 적이 있었다.

그래서 참으면 병이 되니까

10초를 줄 테니

하고 싶은 말을 다 하라고 했다.

그동안 쌓인 게 많았는지

그녀가 정말 막 쏟아내더라.

10초가 지나고 그녀를 보는데,

다행히 화가 좀 풀린 얼굴이었다.

그런데 그녀가

5초만 더 달라고 하는 게 아닌가.

…

그래서 안 된다고 했다.

내 속이 썩으면

그녀가 속상할까 봐.

☆

속 썩으면 안 되니까 앞으로도 하고 싶은 말 다 해.

대신 나도 한마디만.

○
○

화가 났을 때든 서운할 때든
연인에게 어떤 말을 하고 싶을 때
그 말을 묵히지 마세요.
삼키지 마세요.

어떤 건 오래 묵힐수록
더 깊어지지만
어떤 건 썩고 말거든요.

다툴 때마다 대인배

그녀와 다투다가
너무 어이없어서
화를 못 낸 적이 있다.

한참 티격태격하던 중이었는데
이제 그만하자고,
정말 화가 날 것 같다고 했더니
그녀가 그러더라.

"아니야! 오빠는 대인배라 화를 내지 않아.
그런데 나는 소인배라 화낼 거야.
그러니까 대인배 오빠는 내 이야기만 들어!"

'응?'

그날 난 강제로 대인배가 됐고
여자 친구 이야기만 듣느라
정작 내가 하고 싶은 말은 못했다.

그리고 이제는 다툴 때마다
대인배가 된다.

☆
나 대인배 아니어도 되는데

먼저 말하면 지는 거다

감정이 상한 상대가

입을 꾹 다물어버리면

해결하기가 참 힘들다.

차라리 하고 싶은 말을 쏟아내고

풀어버리면 좀 나은데,

닫혀버린 입은 도무지 열 길이 없다.

그건 마음의 문을 열어야 하는 일이니까.

이럴 때 좋은 방법이 하나 있다.

상대가 좋아할 만한 일로 환기시켜

일단 말문을 먼저 여는 것이다.

예를 들어 윤화가 화가 났을 경우

나는 가끔 이렇게 말한다.

"아, 오늘 윤화가 사고 싶은 가방

사주려고 했는데,

화가 나 있으니까 못 사주겠네."

그러면 대꾸도 안 하던 윤화가

슬쩍 반응을 보인다.

"뭔데…. 뭐, 사줄 건데?"

이렇게 대답하면 게임 끝난 거다.

*

한여름에 길거리를 걷다가 다투면
근처 아이스크림 집으로 달려간다.

그리고 바로 여자 친구에게
"아이스크림 뭐 먹을래?"라고 물어본다.

그다음에 "나는 이거, 윤화는?"
이렇게 물었을 때
윤화가 "나는 이거!"
이렇게 대답하면 또 게임 끝.

가끔은 마음의 문을 여는 것보다
말문을 먼저 여는 게 현명할 수 있다.

가끔은 뻔뻔하고 별일 아닌 것처럼

화해하는 일은 언제 해도 항상 힘들다.

내가 먼저 사과하면 지는 거 같고
괜히 자존심도 상하는 거 같고
막상 화해하자니 민망하고….

이럴 때는 답이 없다.
그런 마음은 잠시 접어두고

확실히 뻔뻔해지는 수밖에.

특히 우리는 화해할 때
뻔뻔하게 상대를 웃기는 방법을 많이 쓴다.
(이때 최대한 상대가
어이없어 할 방법을 쓰면 좋다.)

가령 이런 경우다.
한 번은 여자 친구가 화가 나서
집 밖으로 안 나온다고 하길래
그녀가 좋아하는 뻥튀기를
한 보따리 사서 찾아갔다.
여자 친구가 그 모습을 보고 바로 웃었다.

또 내가 화가 났을 때는
여자 친구가 키우던 강아지를 보여주면서
아줌마 목소리로 연기를 했다.

"여보, 우리가 싸워서 헤어지면
우리 망망이는 어떻게 해요?"

내가 웃음이 터지는 바람에
우리는 쉽게 화해했다.

아, 또 한 번은 윤화가 생일파티를 한다고
새로 이사한 내 집 천장에 풍선을 붙였는데
떼다가 천장 벽지까지 떨어진 적이 있었다.

순간 짜증이 나서 화를 좀 냈더니
윤화가 그런 내 모습이 웃기다고 웃는 바람에
나도 따라 웃어서 다툼을 면했다.

시간 끌지 않고 재빨리, 조금은 뻔뻔하게,
별일 아닌 듯 웃어넘길 일을 만들면
다툼도, 상한 감정도, 화해도
생각보다 단순해지고 쉬워진다.

한 박자 쉬어 가기

연애할 때 상대를 이해하고 존중해야 한다는 말,
참 많이 듣는다. 물론 중요하다는 것에 동의하고.

그런데 그게 말처럼 쉽지 않을 때가 더 많다.
서로 마음이 상할 때도 있고,
그러다 보면 상처 주게 되고….

이럴 때 내가 써먹는 방법이 하나 있다.

'느리게 행동하기.'

여기서 느리게 행동하라는 것은
말이나 행동을 느릿느릿하게 하라는 게 아니라
아무리 화가 나거나 기분이 나빠도
그 사람 입장에서 한 번 더 생각한 다음
행동하라는 뜻이다.

가령 지금 상대에게 하고 싶은 말이나 행동을
바로 내뱉지 않고 한 박자 쉬고 나서 말하는 거다.

특히 화가 나서 언성이 높아지려고 할 때
숨 한 번 들이마시면서 한 박자를 쉰다.
이때 '나한테 왜 그렇게 말했을까.'라고
한 번 더 생각해보면
목소리의 볼륨을 줄일 수 있다.

감정에 치우쳐서 빨리빨리 해결하려다 보면

생각보다 놓치는 게 많다.

그러니 어떤 일이든 바로 하지 말고
숨 고르기 하며 한 번 더 생각하고 생각한 다음
느리게 행동해보는 것을 추천한다.

그럼 자연스럽게 상대를 배려하게 되고
존중하게 되고 이해하게 될 때가 온다.

자, 그러니 지금 당신도 한번 해보시길.

후우, 크게 숨을 들이마시고
후우, 시원하게 내쉬면서
한 박자 천천히 쉬어 가기.

커플 사진 한 장의 위력

보통 커플들이 사진을 찍으려는 이유가 뭘까.

좋은 추억을 남기고 싶어서다.

함께한 예쁜 순간들을 두고두고 기억하고 싶어서.

그런데 커플 사진은

좋은 추억만 기억하게 해주는 게 아니라

싸웠을 때 오히려 그 진가를 발휘한다.

연인과 막 다투고 화가 나면
자신의 감정을 상대에서 퍼붓고 싶어진다.

하지만 그렇게 마음대로 행동하면 어떻게 될까.
당연히 싸움은 커지고 마음은 더 상한다.

이럴 때 화를 삭이는 좋은 방법은
한 20분 정도 커플 사진을 보는 거다.

아무 생각하지 말고
그냥 쉰다고 생각하면서 말이다.

처음부터 끝까지,
그동안 그 사람과 함께 찍은 사진을
찬찬히 들여다보면

좋았던 날들, 그 순간의 표정,
함께 나눴던 애틋한 감정,

그땐 미처 보지 못했던 풍경까지

고스란히 내게 돌아오는 걸 경험하게 된다.

그러면 싸우고 난 20분 전보다

마음이 조금은 차분하게 가라앉는다.

(물론 시간은 사람마다 편차가 있다.

20분으로 부족하면, 더 보아도 좋다.

그래도 부족하면…

진짜 웃기게 찍은 엽사라도….)

마음이 가라앉으면 그때부터

20분 전 다퉜던 상황을 떠올리면서

가만히 생각해보는 거다.

'우리가 왜 싸웠지?'

지난 커플 사진을 보면서

무심코 스쳐 지나갔던 어떤 풍경과
잠시 잊고 있었던 애틋한 감정을
다시 발견하게 되듯이

마음을 가라앉히고 다툰 상황을 돌아보면
이 다툼이 일어나기까지 내가 놓쳤던
어떤 문제들이 보이기 시작한다.

그리고 깨닫게 된다.
그 문제가 사실은 아주 사소하고
별일 아닌 일이라는 걸.

그렇게 해서 화가 가라앉으면
연인에게 전화를 걸어 목소리를 듣는 거다.

화난 감정은 빼고 이야기를 하다 보면
그가 진짜 하고 싶은 말이 들리고
그러다가 보고 싶다는 마음이 들면,

주저하지 말고 그 사람에게로 달려가면 된다.

그리고 꼭 한 번 안아주면 된다.

아마 언제 싸웠는지도 모르게
금세 화해하게 될 것이다.

밍키 윤방
3000일

○
○

그동안 함께 찍은 사진을 들여다보면
무심코 스쳐 지나갔던 우리의 풍경과
잠시 잊고 있었던 애틋한 감정을
다시 발견하게 된다.

암묵적 약속

오래 만나다 보면 연인 사이에

암묵적으로 지켜야 할 약속이 있다.

아무리 화가 나도

헤어지자고 말하지 않기.

사귀는 사이라도 서로 잘 모르는 부분이 있고

그러다 보면 당연히 서운해져서

감정적으로 대응할 때가 있다.

우리도 다른 연인들과 똑같았고,
심하게 다퉈 결국 헤어지자는 말이 나왔다.

지금 생각해보면 참 별것 아니었는데,
그땐 정말 심각해서 여자 친구가 헤어지자고 했고
나는 믿을 수 없어 재차 물었다.

"화가 나도 할 말이 있고 못 할 말이 있어.
지금 헤어지자는 거 진심이야?
그 말, 정말 후회 안 할 자신 있어?"

여자 친구는 그렇다고 대답했고
난 알겠다고 하며 전화를 끊어버렸다.

사실 여자 친구는 홧김에 내뱉은 말이라
내심 내 전화를 기다렸다고 한다.

분명 내가 다시 전화할 거라고
먼저 화해를 청할 거라고 기대했다고.

하지만 난 그녀의 예상을 빗나갔다.
그 어느 때보다 단호했다.

그렇게까지 한 이유는
홧김에, 허투루 말하는 것이
얼마나 무서운 일인지 아니까,
늘 조심해야 한다고 생각해서다.

특히 사랑하는 사람에게는 더더욱.

나에게 "헤어지자."라는 말은
조금 전까지 사랑하던 사이도
한순간에 모르는 사이로 만드는
무서운 의미다.

그런 말을 쉽게,

함부로 내뱉는 게 싫었다.

나도, 내가 사랑하는 사람도.

다행히 화해하고

지금은 더 단단해졌지만

그 이후로도 참 많이 이야기한다.

아무리 화가 나도

"헤어지자."라는 말은 하지 말자고.

나는 너랑 헤어지기 싫으니까

이 말은 아마 평생 안 쓸 테지만

너도 장난으로라도 절대 쓰지 말라고.

우리 이 말에 더 큰 책임감을 느끼자고.

그래서 지금까지 우리는

아무리 화가 나도

"헤어지자."라는 말은 하지 않는다.

이건 서로가 서로를 위해

반드시 지켜야 하는 약속이다.

☆

헤어지자고 할 거면 차라리 멱살을 잡아.

마법의 단어

연인이 화가 났을 때

모든 말에 "예쁘다."라는 말을 넣어보세요.

"오빠, 나 진짜 화났어!"

"그래서 더 예쁘구나!"

"오빠, 왜 자꾸 이래?"

"네가 예쁘니까!"

"오빠, 지금 뭐 하는 거야?"

"네가 참 예쁘다는 생각."

가시처럼 찌를 듯하던 그녀의 눈이

어느새 예쁜 반달눈으로 바뀌어 있을 테니까요.

☆

너무 자주 남발하면 화를 돋울 수 있음.

사랑한다는 그 흔한 말

'저 사람이 날 사랑하고 있을까?'

'얼마만큼?' '정말 변하지 않을까?'

가끔 이런 생각에 불안할 때가 있다.

그럴 때일수록 사랑하는 마음을 자주 표현하면,

그만큼 신뢰하는 마음도 단단해져

서운할 일도, 불안할 일도 없다.

무뚝뚝하고 표현하지 못하던 내가

여자 친구를 만나 많이 변하게 되고
어느새 '사랑꾼'이라는 별칭까지 얻었지만
처음에는 표현하는 데 얼마나 서툴렀던지.

그때 이렇게도 해보고 저렇게도 해본다고
별의별 방법을 다 써봤던 것 같다.

특히 어렸을 때는 돈이 별로 없어서
어떻게 하면 돈 안 들이고
여자 친구를 기쁘게 해줄 수 있을까
고민을 많이 했던 것 같다.

지금 생각하면 정말 유치한데,
기억나는 거 몇 가지만 소개해보겠다.

손바닥에 글자 적어서 애정표현 하기

방법은 간단하다.
손바닥에 "사랑해."라고 몰래 적은 다음

여자 친구에게 줄 거 있다고 말하면서

손바닥을 펴서 보여주는 거다.

소주 뚜껑을 활용해서 고백하기

소주 브랜드 중에

'○○처럼'을 활용한 방법이다.

(다른 브랜드 병뚜껑을 사용해서

더 기발한 표현을 찾아도 된다.

찾으면 저도 알려주시길.)

"사랑해."라는 말로 뭔가 부족할 때,

이렇게 병뚜껑에 쓰인 말을 활용해서

나만의 애정 표현을 만들어보면 좋다.

"처음처럼 널 사랑해."

"지금처럼, 처음처럼, 영원히♡"

하아…

소주는 어떻게 사 먹었는지 기억 안 나는데

저걸 보니까 갑자기 눈물이….

말하는 고백 인형 되어보기

가끔 건물 안에 걸어 다니다 보면

바닥에 놓인 비상등을 발견하게 된다.

이 비상등을 이용한 방법인데,

여자 친구에게 저 비상등을 밟아보라고 한 다음,

여자 친구가 그걸 밟으면 "사랑해!"라고 말하는 거다.

(밟는 횟수와 "사랑해."는 비례한다.)

한 번 밟으면 "사랑해!"
두 번 밟으면 "사랑해!" "사랑해!"
계속 밟으면…
"사랑해, 사랑해, 사랑해, 사랑해…."

폐활량이 좋고 입이 빠르면 유리하다.

(윤화야, 오락실에서 펌프 좀 했니…?

갑자기 오빠가 랩을 했던 기억이 나….)

이런저런 방법을 쓰다 보니

자꾸 눈물이 나서…

여기까지만 써야겠다.

그래도 나 그때 행복했어.

표현에 인색한 내가

저렇게 아낌없이 너에게 사랑한다고 말할 수 있어서.

비가 오는 날이면

너에게로 달려가고 싶다.

비가 오지 않는 날에도
나는 네게로 가고 싶다.

연애할 때 제일 좋은 건
달려갈 누군가가 있다는 것.

비가 부슬부슬 내리고

술 한 잔이 생각날 때

두 번 고민하지 않고

만날 사람이 있다는 게,

그게 바로 너라는 게

나는 참,

좋다.

☆

비도 오는데, 오랜만에 홍대 빼래에서 바지락 술밥 콜?

내가 술 마시고 싶어서 그러는 건 아니고…

· CHAPTER 4 ·

언제나 처음처럼, 어제보다 오늘 더

오래 만났다고 시들해야 하나요?

여자 친구와 9년을 만났다고 하면
그런 질문을 자주 받아요.

"오랫동안 만나는 비결이 있나요?"
"지겹지는 않으세요?"

아, 이 질문에 답을 드리자면,
"안 지겹습니다."

이건 단호하게 말씀드릴 수 있어요.

9년 가까이 여자 친구와 만나면서
솔직히 오래 만났다는 생각 못 했어요.
그 시간 자체에 큰 의미를 두지 않았거든요.

저한테는 우리가 처음 만났던 날도
1년째 되던 날도, 프러포즈를 하던 날도
그리고 바로 어제까지도
늘 똑같이 설레고 중요하니까요.

연애할 때 그런 말 많이 듣잖아요.

특히 막 시작한 연인일수록
"아휴, 파릇파릇하다. 진짜,
근데 그거 1년 지나면 시들해지는 거 알지?"

저는 그렇게 말하는 분들에게 묻고 싶어요.

"1년이면 파릇파릇하고
9년 만나면 시들해야 하나요?"

저희는 지금도
어제 막 시작한 연인들처럼
파릇파릇하고 설레요.

우리가 지나온 어제는
우리가 마주한 오늘과 다르고
앞으로 맞이하게 될 내일과
또 다를 테니까요.

그렇게 따지고 보면
결국 우리는 매일매일
새롭게 시작하는 거 아닌가요.

(파릇파릇할 수밖에 없는 이유,
드디어 찾았네요.)

그래서 앞으로도 이 마음으로
최선을 다해 사랑하려고요.

머리카락이 희끗희끗해져도
마음은 늘 파릇파릇하게요.

오래 만났다고 시들해야 하나요?

우리가 지나온 어제는
우리가 마주한 오늘과 다르고
앞으로 맞이하게 될 내일과 또 다를 텐데.

우리에게 주어진 매일 매일은
똑같은 일상의 반복이 아니라
새롭게 시작하는 날들일 텐데.

행복하다는 게 뭔지 알 것 같아

행복하다는 말이

무슨 의미인지

알 거 같아.

아무것도 안 해도, 아무 일도 없어도
너만 있으면 행복한 날

데이트를 하다 보면
그런 고민을 할 때가 있다.

'늘 똑같은 데이트
이제 좀 지루한 것 같은데
무슨 이벤트 없을까?'

'아, 곧 기념일도 다가오는데

뭔가 특별한 추억 하나
만들면 좋겠는데.'

'남들은 이런 것도 하고
저런 것도 한다는데
우리도 한 번 해볼까?'

서로를 생각하면서
함께하면 좋을 만한
재미있는 일들을
찾아보는 건 좋다.
그 사람에 대한 관심이니까.

그런데
아무 일 없이 조용히 흘러가는,
그런 하루도 참 좋을 때가 있다.

가까운 공원 벤치에 앉아서

그 사람 손만 꼭 잡고 있어도 좋은 날.

아무것도 하지 않고
가만히 그 사람 얼굴만 보더라도
참 마음이 편안하다고,
지금 많이 행복하다고 느끼는 날.

뭔가 대단한 이벤트 없이도
소소하지만 확실한 행복을 느끼는 날들.

아무것도 하지 않아도
아무 일도 일어나지 않아도
당신만으로 충분히 꽉 찬 어느 날.

결국 그런 날들이 모여서
행복한 그리고 특별한 인생이
만들어지는 게 아닐까 싶다.

나를 위해 뭔가 해주고 싶다면

가끔 여자 친구가

그런 말을 할 때가 있다.

"나는 늘 오빠한테 받기만 하는 것 같아.

나도 오빠한테 뭔가 해주고 싶어.

한 번쯤은 오빠한테

사랑받는다는 느낌을 주고 싶어."

네가 나를 위해서
뭔가를 해주고 싶다면

"그냥 옆에 있어 줘."

거창한 이벤트 같은 거 말고
네가 내 옆에 있는 게
나에게는 최고의 이벤트니까.

만일 내 인생에 그녀가 없다면…

연애를 오래 하다 보면 어느 날 문득

상대가 내 일상에 깊숙이 들어왔다고 느낄 때가 있다.

한 번은 그런 생각을 한 적이 있었다.

'만약, 윤화가 내 인생에 없다면,

당장 내 일상은 어떻게 될까?'

그래서 그녀가 없는 삶을 상상하며

나는 어떻게 살고 있을지 하나씩 적어봤다.

은행 업무에 관련된 모든 일을 못 한다.

사람들과 자주 다툴 것 같다.

사기를 정말 크게 당할 거 같다.

사람들이 손가락질할 정도로 옷을 못 입을 거 같다.

밥을 제대로 못 챙겨 먹어서 병이 생길 것 같다.

서울을 떠나서 산으로 들어가 살 거 같다.

술을 엄청나게 마셔서 온몸이 망가질 거 같다.

의욕도 없고 살아가는 의미를 못 느낄 거 같다.

돈을 못 모을 거 같다.

가족들에게 신경을 못 쓸 거 같다.

…

그리고… 엄청… 아주 엄청 외로울 거 같다.

아무래도 안 되겠다, 난.

도저히 너 없이는.

○
○

너 없는 나를 상상해봤다.

일상은 망가지고 하루하루가 재미없고
주변 사람도 나도 못 챙기는 시시하고 불안정한 삶.

그리고 하루에도 수십 번
미친듯이 외로운 날들의 연속.

아무래도 안 되겠다.
너 없는 나는.

진짜 예쁘다, 꽃 말고 너

"우와, 어쩜 저렇게 꽃이 예쁘게 폈지?
꽃이 원래 이렇게 예뻤나?"

창밖을 보며 말하던 그녀를 향해 한마디 건넸다.

"정말 예쁘다! 꽃 말고, 네가."

권태기… 그게 뭐죠?

"두 사람은 권태기 없었어요?"

물론 우리 두 사람도
여느 연인들처럼 티격태격할 때가 있다.

그런데 며칠씩 다투거나
연락을 끊었던 적은 없었다.
보통 10분 안에 화해하니까.

어떻게 그럴 수 있었는지 생각해봤는데,
일단 우리는 무조건
하루에 단 5분이라도 꼭 얼굴을 봐야 한다.

짧든 길든 매일 마주하는 그 시간에
서로에게 최선을 다해 집중한다.

그럴 때마다
이렇게 말씀하시는 분들도 있다.

처음에는 어떤 연인이 안 그러겠냐고,
오히려 매일 보면 더 자주 싸우고
더 빨리 권태기가 오는 게 아니냐고.

물론 그럴 수도 있을 것이다.

매일매일은 아니더라도
너무 자주 보거나 오래 보면

싫증이 난다고들 하니까.

그런데 생각해보면 우리는
싫증 날 틈이 없었던 것 같다.

우리가 만났던 모든 날에
서로를 칭찬하느라 바빴고
한 번이라도 더 예뻐해 주느라
늘 시간이 모자랐으니까.

정말 어쩔 수 없는 사정 때문에
통화로 대신해야 하는 날에는
늘 서로에게 보고 싶다고 말해주니까.
(아무리 바빠도 통화할 때는
건성으로 하거나 받았던 적이
단 한 번도 없었다.)

그런 눈빛이라서, 목소리라서

우리는 말하지 않아도

서로의 마음을 느꼈던 것 같다.

내가 지금 당신을

얼마나 믿고 의지하고 있는지.

또 사랑하고 있는지.

9년째 콩깍지

"예쁘다."

스케줄 때문에 이동하는 차 안에서

'드르렁드르렁' 코를 골며 자던 네가

잠에서 깨어나 부끄러운 듯 나를 향해

"오빠, 나 코 골았지?"라고 말하던 모습이.

"참, 예쁘다."

영화 같이 못 본다고

삐쳐서 등 돌려서 앉아 있다가

"왜 화 안 풀어줘?"라고 채근하는 모습이.

"정말, 예쁘다."

감기에 걸려 코를 푸는데

그 소리가 너무 커 자기가 더 놀랐는지

내 눈치를 보며 세상 약한 모습으로

"나 아파서 그래." 변명하던 모습이.

너는 참 예쁜 사람이구나.

언제 보아도 변함없이….

아니, 어제보다 오늘 더.

네가 좋으면 난 다 좋아, 네가 나의 꿈이거든

결혼 준비를 해보니 이것저것 챙겨야 할 것도 많고
결정해야 할 것도 정말 많다는 걸 알게 됐다.

이것저것 알아보는 걸 좋아하는 여자 친구도
걱정이 됐는지 내게 여러 가지를 물었다.

"오빠, 이거 어때?"
"신혼여행 여기는 어때?"

"가구는 이거 어때?"

그때마다 나는 이렇게 대답했다.

"윤화 좋은 거로 해!"

"윤화가 원하는 곳으로 가자!"

"윤화 눈에 예쁜 거로 하면 돼!"

그런데 항상 이렇게 말하니까

여자 친구가 좀 불만이었는지

한 번은 그러는 것이다.

"오빠, 오빠는 왜 다 좋다고만 해?

오빠가 꿈꾸는 결혼은 없어?"

그래서 여자 친구에게 말했다.

"오빠가 꿈꾸는 결혼은

벌써 이뤄졌는데?"

내 대답에 여자 친구는
어리둥절해 하며 되물었다.

"응? 그게 무슨 소리야?"

나는 그런 여자 친구를 붙잡고
결혼에 대한 내 생각을 전했다.

"오빠는 윤화랑 결혼하는 게 꿈이었어.
내가 꿈꾸는 결혼은
이상적인 모습에 우릴 끼워 맞추는 게 아니라
그냥 네가 늘 내 옆에 있는 거야.
너랑 함께하는 게 내 꿈이고 행복이야.
그래서 다른 건 다 네 뜻대로 해도 괜찮아
네가 좋은 게 내가 좋은 거니까."

이 말을 듣고 난 이후로
여자 친구는 내게 많은 걸 묻지 않는다.

다만 싱글벙글 웃는 모습을 자주 보여줄 뿐.

☆

그렇다고 진짜 아무것도 안 하고 있으면 안 된다.

언제든 예비 신부와 함께 움직일 두 다리와

그녀를 기쁘게 할 센스가 필요함.

내가 너와 결혼하고 싶은 이유

네 눈을 꼭 닮은

이 아이의 아빠가 될 수 있다면

얼마나 행복할까?

☆

이제부터 내 꿈은 윤화 닮은 딸바보

서울 지리는 몰라도 너에게로 가는 길은 아니까

서울에 산 지 10년이 됐지만 아직도 서울 지리를 잘 모른다. 대학로를 벗어난 적이 별로 없어서다. 그동안 대학로 붙박이로 참 열심히 살았다. 항상 공연장에서 가장 늦게 퇴근하는 사람이었으니까. 새벽 5~6시까지 남아서 정말 죽어라 개그를 짜고 공연을 올리고 그랬다. 술을 좋아하고 즐겨 마시는데 그때는 새벽 5시에 연습 마치고 공연장 근처 마로니에 공원에 앉아 동료와 맥주 한 캔 마시는 게 전부였다. 무엇 때문에 그렇게 열심히 살았을까.

곰곰이 생각해보니 내 오랜 꿈, 미래, 열정… 물론 그런 이유도 있었지만 가장 큰 이유는 여자 친구였다. 우리가 막 연애를 시작했을 때 그녀는 프로그램을 여러 개 하고 있었고 나는 '웃찾사'가 아니면 방송에 나갈 일이 별로 없었다. 이제 30대를 향해 가고 있는데 이런 식으로 하면 여자 친구에게 믿음을 줄 수 있을까, 솔직히 그런 걱정이 앞섰다. 꿈을 위해서, 미래를 위해서 아무런 노력도 하지 않고 그저 친구들이랑 술이나 마시는, 그런 모습만 보여주고 싶지는 않았다. 가벼워 보이고 싶지 않았고, 실망시키고 싶지 않았다. 그래서 진짜 열심히 했다.

'나는 개그를 정말 열심히 한다.' '반드시 개그맨으로 성공할 거다.' '그러니까 너는 나만 믿고 따라와.' 행동에서 무언의 의지가 느껴지는, 그런 믿음을 주고 싶었던 것 같다.

요즘은 공연 때문에 대학로를 벗어나서 홍대에 머물 때가 많은데, 예전엔 '환상의 나라' 같았던 그곳이 이제는 제법 익숙해졌다. 가끔 홍대에서 커피 한잔할 때면 그런 생각을 한다. '아, 내가 이렇게 대학로를 벗어나도 되나?' '책임질 게 많아지고, 욕심이 생기고 사람이 더 행복해지면 불안하다고 하는데, 지금 나, 그런 마음인 건가.' 그러다가 한 가지 다짐을 한다. 개그도, 사랑도, 미래도 모두 다 잘 지키기 위해서 내가 할 일은 안일해지지 말고 불안해하지 말고 그때처럼 열심히 죽어라 하자. 대학로에서 매일매일, 새벽까지 죽어라 열심히 살았던 그 마음, 그것만 놓치지 말고 살자. 그거야말로 사랑하는 그녀와 함께 가는 나의 길이니까.

너와 함께하는 미래

"야, 우리 나이 먹으면
뭐 하고 있을 거 같냐?"

어릴 때 친구들과 모이면
훗날 내 모습이 궁금해서
이런 말을 자주 했던 것 같다.

개그맨을 꿈꾸고 나서는

스스로 이런 질문을 던졌다.

"나 서른 살이 되면 어떤 모습일까?"

미래에 대해 생각할 때마다
계속 뭔가 막연하고 불안했던 것 같다.

그런데 여자 친구를 만나고 나서
한 가지 달라진 점이 생겼다.

이제는 내가 상상하는 미래가
더는 모호한 그림이 아니란 거.

미래는 항상 불안한 것이지만
그녀와 함께하는 미래는
평온하고 행복할 거라는 거다.

주름살이 생기고 허리도 굽으면서

점점 나이 들어가겠지.

그때도 나는
그이와 다정히 손잡으며 거리를 걷고
20대 청년의 어느 날처럼
설레는 마음으로 입 맞추고 있지 않을까.

가까운 미래든, 먼 미래든
나는 이렇게 늙어가는 순간에도
언제나 윤화랑 행복할 것이다.

그 모습 하나만 확실히 그릴 수 있어도
조금은 덜 막막하고 힘이 난다.

이래서 천생연분

여자 친구랑 궁합을 본 적이 있는데요.

저는 '불'이고 여자 친구는 '물'이래요.

그러면서 이런 풀이를 해주시더라고요.

"가장 뜨거운 불은
물 위에서 뜨는 해랍니다."

그녀 덕분에 저,

떠오르는 태양이 됐네요.

이런 게 바로 천생연분 아닐까요?

☆

매일매일 네 쪽으로 떠오르는 태양이 될게.

언제나 따뜻하고 밝은 빛으로 네 곁에 있을게.

김민기에게 홍윤화란?

김민기에게 소주란?

알코올이 18%가 함유된 물.

김민기에게 홍윤화란?

접니다.

제 인생, 그 자체요.

에필로그

어제보다 오늘 더 사랑할 수 있다면

만난 지가 엊그제 같은데, 어느새 9년이란 시간에 다다랐고, 이제 그녀와 결혼하게 되었다. 그러고 보면 나에게 그녀와의 결혼은 당연한 순서 같은 것이었다. 한 번도 헤어진다고 생각한 적이 없으니까. 그래서 결혼 날짜를 잡고 난 직후에는 '이제 날마다 헤어지지 않고 더 오래 함께할 수 있겠다.'라는 생각에 마냥 기쁘기만 했었던 것 같다.

그런데 주위에서 '결혼'에 관한 이야기를 많이 듣다 보니, 부담이 좀 생겼다. 우리의 관계나 생활이 뭔가 많이 바뀔 것만 같고 사람들이 흔히 생각하는 '결혼'이란 제도에, '부부'란 역할에 우리가 맞춰야만 할 거 같은 그런 부담. 결혼은 사랑의

완성이자 결실이라고 하는데, 연애할 때처럼, 연애할 때보다 더 그 사람을 사랑할 수 있을까에 대한 일종의 불안.

그래서 처음으로 결혼에 대해 곰곰이 생각해봤다. 그녀가 내가 물은 것이기도 하지만, 내가 생각하는 결혼이란 이런 거다. 늘, 항상 그 사람 옆에 있는 것. 그 사람이 힘들 때 가장 먼저 달려와 기대고 의지할 수 있는 사람으로 인정받는 것. 좋은 일이 생기면 가장 먼저 이야기하며 함께 기뻐하는 사람이 되어주는 것. 혹시라도 아플 때 곁에서 떨어지지 않고 제일 먼저 손잡아주는 것. 그런 사람으로 지금처럼, 오래오래 그 사람의 가장 가까이에 머무는 것.

대단하고 멋진 결혼 생활은 장담할 수 없지만, 이 다짐 하나만은 가슴에 품고 살려고 한다. 연애할 때처럼 그 사람을 설레게 하고 즐겁게 하고 행복하게 해주기 위해 고민하고 노력하자. 지금껏 그래왔듯이, 어제보다 오늘 더, 오늘보다 내일 더 그 사람을 아낌없이 사랑하자. 결혼하고 나서도 늘 연애하듯이. 어쩌지 그 마음만 놓지 않는다면, 우리는 평생 행복할 수 있을 것 같다. 그렇게 생각하니 확 안심이 된다. 이제 더 이상 내게 결혼은 부담이 아니라 행복이고 축복이다. 그녀와의 내일은 또 얼마나 설렐까? 결혼 후 하게 될 그녀와의 연애가 더 기대된다.

어제보다 오늘 더 사랑해

2018년 11월 14일 초판 1쇄 | 2018년 11월 19일 4쇄 발행
지은이 · 김민기

펴낸이 · 김상현, 최세현
책임편집 · 양수인, 조아라, 김형필 | 디자인 · 최윤선

마케팅 · 권금숙, 김명래, 심규완, 양봉호, 임지윤, 최의범, 조히라, 유미정
경영지원 · 김현우, 강신우 | 해외기획 · 우정민
펴낸곳 · (주)쌤앤파커스 | 출판신고 · 2006년 9월 25일 제406-2006-000210호
주소 · 경기도 파주시 회동길 174 파주출판도시
전화 · 031-960-4800 | 팩스 · 031-960-4806 | 이메일 · info@smpk.kr

ISBN 978-89-6570-724-0 (03810)

• 이 책의 국립중앙도서관 출판시도서목록은 서지정보유통지원시스템 홈페이지(http://seoji.nl.go.kr)와 국가자료공동목록시스템(http://www.nl.go.kr/kolisnet)에서 이용하실 수 있습니다.
(CIP제어번호: CIP2018035852)